相遇

相 遇

周保松

OXFORD

UNIVERSITY PRESS

OXFORD
UNIVERSITY PRESS

Oxford University Press is a department of the University of Oxford.
It furthers the University's objective of excellence in research, scholarship,
and education by publishing worldwide. Oxford is a registered trade mark of
Oxford University Press in the UK and in certain other countries

Published in Hong Kong by
Oxford University Press (China) Limited
39th Floor, One Kowloon, 1 Wang Yuen Street, Kowloon Bay,
Hong Kong

相　遇

周保松

ISBN: 978-019-800433-2

7 9 11 13 15 16 14 12 10 8

獻給

我的父母和翠琪

目　錄

相
遇

自　序

這本小書，結集了我過去幾年寫的一些文字，其中有和陳特先生的對談，有書信，有遊記，有悼文，有哲學反思，有個人回憶。說起來，都是生命某些相遇的片段，遂以名之。

重讀這些文章，細細體味昔日下筆的心情，感覺寧靜溫暖。在文字中，我見到自己，見到故人，見到舊事舊情。

集子裏不少文章，都和教育有關。因為我是教師。我二〇〇二年秋天回到母校香港中文大學任教。當時，我並不知道做一個老師意味着甚麼。此刻，我體會良多。這六年，我一直在學習如何做一個及格的老師，並思考政治、哲學與人生的種種問題。我習慣將這些思考，寫下來，寄給學生，然後在網上一起討論。這樣的交流，經年堆疊，已有數十萬言。這本書只有我的文章，卻看不到學生的回應，想來有點可惜。* 我特別交代這個背景，因為好些文章的緣起，是寫給學生的信。我要多謝他們。我們有過許多一起追求學問思考人生的快樂時光——無論是在課堂、酒吧、讀書組或網上論壇。我很慶幸，能以教師為業。

我也很幸運，曾遇到許多好老師。只是我一直

---

* 部分對話曾收在周保松、盧浩文編，《政治哲學對話錄》(2004)。

沒有好的心境，將那些交往記錄下來。收在書中的，遂只有紀念陳特和沈宣仁先生的兩篇短文。我初回中大時，住在崇基學院職員宿舍，正好在陳生擔任舍監的宿舍旁邊。那時候，陳生已是癌症末期，放棄了一切治療。我沒料到，在他臨走前，我們師生可以有那樣的幾次對話。那段日子，非常狼狽。我初為人師，經常通宵備課，活得緊張疲累。每次見到陳生，他總是平和沉穩，我卻暗裏有時間倒數的傷悲。陳生逝世後，整理這些對話，更是吃力。常常是午後，陽光兇猛，室內幽暗，我播着錄音，聽着陳生的笑聲，遠眺他的舊居，一不小心，眼前便模糊一片。

我是唸哲學的。書中不少文章，是嘗試從哲學的角度，反省某些我關心的問題。例如政治研究的目的、大學的理念、通識教育和母語教育的價值、新移民的境況，以至個體在資本主義社會面對的困境和出路等。我常困於這些問題。這些問題並非可有可無，而是實實在在影響我的生活。我深信這些問題重要，儘管我的回答未必如人意。

一本書出來，或多或少，總會有它的讀者。這些讀者是甚麼人？我的文字和讀者相遇，會有怎樣的交流？我很好奇，也誠心期待讀者的指正。書既成形，自有它的生命，自有它的歷程。此刻燈下書寫，我竟有一份和它道別的況味。

這本書能夠出版，我要多謝編輯林道群先生的籌劃，黃思存兄仗義幫忙細心校閱，更要多謝尹翠琪、陳日東、鄧偉生、鄧小虎、王巍、李經諱以及犁典讀

相遇

x

書組成員多年來的思想交流。最後，我要特別感謝石元康和關信基先生。他們的學問與為人，對我的影響，彌深彌遠。書中部分文章，曾在《明報》、《信報》、《思想》、《讀書》、《書城》、《當代》、《二十一世紀》等地方發表，在此一併致謝各媒體允許重刊這些文章。

　　有相遇，便有相離。我們乃天地之過客，永恆不可求。也不必求。

　　是為序！

二〇〇八秋
香港馬料水忘食齋

陳特先生　　　　　　　　　　　　　　　　　　　張燦輝攝

1 夜闌風靜人歸時

——悼念陳特先生

陳特先生在十二月二十九日走了，享年六十九歲。我想很多認識他的人，和我一樣，會十分懷念他。

陳特先生是中文大學哲學系退休老師，崇基學院的宿舍舍監。哲學系的人，按哲學系的傳統，會叫他陳生。崇基的宿生，則稱他為特叔。陳生幾年前退休後，還一直為哲學系兼課，也繼續擔任舍監，沒離開過中大片刻。可以說，他的一生，完全奉獻給教育事業。過去三十多年，在中大和他朝夕相處，受他言傳身教的學生，不知凡幾。而上過他的〈哲學概論〉、〈倫理學〉、〈存在主義〉等課，獲益良多，從而改變人生的人，一定也很多。我是其中之一。

一九九一年九月的某一天，新亞書院人文館115室，坐滿了哲學系、宗教系及其他學系的學生。我們等着上〈哲學概論〉第一課。陳生進來。手上沒有書，也沒筆記本，兩鬢略斑，面容清瘦，衣着樸素。陳生然後開始講，偶然會用粉筆。第一講是蘇格拉底，談蘇格拉底如何追尋智慧，如何被雅典公民審判，如何從容就死。陳生還告訴我們蘇格拉底的名言：未經反省的人生，是不值得過的人生。陳生講課清楚易明，深入淺出，沒有太多的哲學術語，特別適合初入門者。教到得意處，他自己會情不自禁的笑起

來。陳生那種帶點天真的獨特的笑聲，上過他課的人，相信會印象深刻。蘇格拉底之後，是柏拉圖的理型論，是伊壁鳩魯 (Epicurus) 的快樂主義……

那真是一片新天地。我自小被很多人生問題困擾，但從來不知有一門學科叫哲學，專門討論這些問題——而我當時是工商管理學院的一年級新生。陳生的課，將我帶進一個美麗新世界，知道有那麼多引人入勝的哲學思想。我現在也當了教師，才慢慢體會陳生教學的魅力所在。陳生談人生哲學，不是外在地覆述其他哲學家的思想，而是將他的人生體會融入其中。哲學不是一堆枯燥艱澀的概念術語，而是實實在在地和我們的生命相關。意義的問題，善惡對錯的問題，真理與信仰的問題，是認真生活的人，必須面對的大問題。但我們由小至大的教育，卻完全沒有觸碰到這些問題。所以，當陳生以他那生動活潑的方式，將哲學問題帶給我們這些年輕迷惘的生命時，其震撼陶醉，難以言喻。

我同班很多同學，和我有類似感受。記憶最深的，是和我極為投契，高我兩屆的劉旭東。他當時是新亞學生會副會長，讀的是化學系三年級。那時我們都住知行樓，經常一起討論哲學。修完陳生的課後，他決定轉系。但他擔心化學系不肯放人，於是故意將成績考得很差，讓化學系覺得他實在沒法讀下去，不得不放。

我本也想在二年級轉系，但工商管理是顯學，哲學卻極為冷門，甚至被譏為讀完只能做叫化。我很

猶豫，內心有許多掙扎。但我繼續修了陳生的〈倫理學〉後，終於下定決心。負責面試的是陳生，在馮景禧樓四樓。依稀記得那是五月的某個黃昏，陽光從西山斜斜灑下來。陳生問了我些甚麼，我都忘了，只知道他最後問：會不會後悔？我答不會。然後他哈哈大笑起來。我當時有點破釜沉舟的味道，轉系前沒有告訴父母，商學院那邊雖已讀了五十多學分，但連副修也不要了。我當時並不知前路在何方，只一心想好好享受餘下的兩年大學生活，讀些自己喜歡的書。

陳生後來不止一次告訴我，他自己的哲學啟蒙老師，是唐君毅先生。陳生一九四九年後從廣州來港，讀的是珠海書院。那時唐先生在珠海兼課，陳生有天偶然打課室走過，聽到唐先生的課，大為震撼：「他講的，不就是我日思夜想的？」於是畢業後，陳生便去了農圃道新亞書院，讀的是第二屆新亞研究所，指導他的是唐君毅和錢穆先生。陳生一生受唐先生影響至深，每次憶起這段經歷，總有不勝感激之情。而我總是笑，卻沒告訴他，我很能明白他的心情。

一九九一年的秋天，陽光和暖而燦爛，我們三五成群，要麼徜徉在新亞草地，要麼沉浸在錢穆圖書館，享受陳生帶給我們的無窮樂趣。直到最近我才知道，原來當時他正承受癌症的第一次襲擊，開始持續十多年對抗癌病的艱苦旅程。陳生告訴我，說他初知道患癌的一刹那，真是天昏地暗，全身無力，完全體會到海德格所說的「無」（nothingness）的感覺。但我

回想起當時他那琅琅的笑聲，以及盡心盡力的教學，真是難以置信。

經過多年治療，陳生本以為病情會逐步得到控制。可惜年半前再度復發，且來得更為兇猛，身體承受前所未有的痛苦。「身體虛弱，令得人的心靈也虛弱。最虛弱的時候，真是覺得人一無所是，沒有任何東西值得驕傲。很多人以為憑自己的聰明才智，可以把握人生一切，其實那只是幸運而已。人真的面對大壓力時，才會發覺自己是多麼軟弱無助。」陳生相信基督教，但卻常笑稱和一般教徒不太一樣。他覺得基督教精髓之處，是要人承認一己的渺小無力，勇於放下俗世一切，包括名譽地位，將自己完全交託給神。眾多存在主義哲學家中，陳生特別欣賞祁克果 (Søron Aabye Kierkegaard)，尤其是他那有關「信仰的跳躍」的說法，我想道理也在此。

而在過去一年中，陳生對死亡有了更深一層的看法。「重病過後，有天清早一個人在校園散步。那天天氣很好，晨曦之下，草木翠綠，鳥鳴山幽，大地充滿生機。我忽然領悟，世界沒有因我的病而有絲毫改變，依然如此欣欣向榮。萬物有生有死，有起有落，是大自然的規律。沒有一朵花的凋謝，便沒有另一朵花的盛開。人是宇宙的一部分，宇宙成就了我，我亦成就了宇宙，人與世界合而為一。人的死亡，不是歸於虛無，而是成就了這一規律。」陳生說，道理一旦想通，生命驟然開朗，對死亡再沒恐懼。「存在主義將人生，將死亡看得過於消極灰暗。其實不一定是這

樣。這一年多來，我一點也不覺得寂寞無助，因為很多人和我並肩作戰，尤其我太太和女兒無微不至的關懷，令我在病中倍感溫暖。」

在剛過去的十月和十一月，我和陳生的另一個學生陳日東，與陳生進行了一系列的對談。我們每次討論一個題目，先後討論了死亡、人生的意義、善惡幸福、師友雜憶，最後一次談的是愛。我們每次見面時，才告訴他當天想談的問題，然後陳生一如以往，不用多想，便可以將哲學結合他的人生經驗，娓娓道來。每次聊完，我們便一起午飯。

這樣的對話，和當年上他課時的感受，完全不同。十二年後，我們對人生多了一些體會，也多讀了一點書。每次對談，不再只是陳生說我們聽，而多了許多交流。說到會心處，彼此相視而笑，無所拘束。我們真切感受到，陳生享受這樣的聊天。每次兩小時的對話，他總是妙語如珠，倦意全無。即使去到生命最後的階段，對於一些嚴肅的人生哲學問題，陳生依然孜孜不倦，求之索之。但是我們實在不知道，陳生當時已到癌症末期，並且停止了治療。他甚少談他的病情，而且每次聊天總是談笑風生，愁容不露。死亡的陰影，好像和他完全沾不上邊。我們以為，這樣的對話，可以一直延續下去。

陳生一生大抵是無憾的。他常說，人生最幸福的，是可以敬業樂業，過自己真正想過的生活。陳生年輕的時候，曾經做過《中國學生周報》的編輯和社長，那是他最為懷念的青春歲月。「那時一群年輕

陳特先生在課室裏

人，為了理想而努力辦報，甚麼也不計較。大家住在一起，互相批評砥礪，共同進步，每天都是新的一天。」而自一九六九年從美國取得博士回來後，便畢生投入崇基和中大的教育工作。陳生曾任崇基和中大輔導長，在學生運動風起雲湧的七十年代，做過不少貢獻。崇基前院長沈宣仁先生便對我說過，多年來最覺得意的一件事，是可以請得勞思光、何秀煌及陳特三位先生來崇基宗哲系任教。

陳生是第二代新亞人，受錢唐諸先生影響，篤信學問與生命必須融為一體。無論在課堂或生活上，他那自然流露的人文關懷，不知感染了多少學生。從

6

陳生身上，我體會到，教育真正的理想，不僅僅是知識技能的傳授，還要有生命的交流。一個老師，如果他的學問人格修養，能夠改變學生看人生看世界的方式，增加他們對文化對人的關切關懷，刺激他們對真理對美善的追求，其中的大貢獻，絕對不是各種學術指標可以衡量得了。一所大學的靈魂，是人。我讀書的時候，就我所接觸，陳生以外，沈宣仁、盧瑋鑾、黃繼持、石元康諸先生都是這樣的好老師。我漸漸覺得，他們才是中大精神的真正守護者。當他們一一或退休或已故，中大的人文風景便顯得日漸蒼白，難以為繼——儘管新的大廈接踵而起，國際化高唱入雲。

　　我和陳生十二年的師生緣，如今想來，一一如昨。中大草木依然，山水依然，只是陳生的笑聲，陳生的話語，陳生在黃昏下一個人散步的身影，卻於一夕之間，遠於千里之外，怎不教人懷念。陳生十分喜歡蘇東坡，喜歡他的豁達灑脫，屢折不倒。身體最受折磨的時候，一讀再讀的是林語堂的《蘇東坡傳》。人有悲歡離合，月有陰晴圓缺，此事古難全。人生大抵如此！

2002年12月30日清晨

中大崇基

2 　體驗死亡

陳：陳特

周：周保松

東：陳日東

相
遇

周：陳生，今天我們打算討論死亡。我們每個人，總
　　有一天會死。但為何一般人都很忌諱這個問題？

陳：我想一般人都覺得死亡離自己很遠。人年青的時
　　候，總被很多東西佔據，例如戀愛事業等。但當一
　　個人年紀愈來愈大，同輩的人一個個慢慢地走了，
　　死亡便變得很近。

周：死亡常給人很不確定的感覺。它甚麼時候要來，
　　我們無從預測。

陳：存在主義最喜歡談不確定感。那也是對的。例如
　　你看報紙，發現一個你認識的正值盛年的朋友，突
　　然間消失了，你一定會很震驚，覺得死亡很近。只
　　是人們平時覺得世界很有規律，一切均可按計劃
　　行事。例如有些行政人員，日記密密麻麻，把一
　　年後的工作也定好了，但卻很少想到，生命其實
　　很無常。

周：人為甚麼如此恐懼死亡？

陳：最簡單的原因是人的本能，人有求生的本能。當
　　然還有其他原因，例如不捨得現有的東西。人有時
　　並不是怕死，而是怕失去某些東西，例如親人事業

等。當然，還有錢和物質享受。一個人掙扎了一生，忽然間一切化為烏有，不是如此容易接受。

周：我覺得，死亡最難令人忍受的，是那種剎那間由存在變為虛無 (nothingness) 的感覺。我不太能接受，自己突然間從這個世界消失，而這個世界仍然存在。就好像你本來是一場球賽的參與者，卻不由自主的被迫永遠離場，但球賽繼續進行，觀眾依然興高采烈，而你卻成了局外人。

陳：這是存在主義，特別是海德格，喜歡談的東西。Nothingness 的感覺，我有親身感受。十二年前，醫生說我患了癌症。我當時聽到這個消息，以為自己即將要死，真是天昏地暗。那種感受真的像海德格所說，世界好像突然流走了。整個本來很確定的世界，變得完全失控。我當時在崇基運動場散步，覺得生命所有的凝聚力，一下子被打散了，變得異常空虛。海德格說的 nothingness，也不是說沒有東西。世界仍然存在，只是你覺得很不實在。那種感覺真的很不舒服。

周：我未體會過這種感受。但每想起死亡，常令我有種強烈的荒謬感。我本來和世界有種很親密的關係，我活在其中，投入其中，包括我所在乎的人，所為之奮鬥的人生理想。但當我要走了，世界一點也沒有變。它還是它。你原本以為自己很重要，以為明天起來，仍然是其中一份子。但剎那間，世界和你再沒有任何關係。那好像是一種徹底的決裂。人，在此意義上，完全是過客。

陳：對，這種決裂的感覺，令你自己和世界好像全部變得空了。當然，世界仍然存在，花仍是花，草仍是草，但它變得沒有意義。

周：你當時除了覺得很不實在，還有甚麼感受？

陳：我當時第一感覺便是這個，其次才開始想自己的生命，還有甚麼責任未完。當時真的是頭暈，但不是生理上的，而是心理上的。我教了那麼多年哲學，理智上當然知道死亡沒甚麼大不了。但一旦發生在自己身上，那種恐懼感，卻不易控制。但我想這不是偶然的，很多人都會有。

東：往後心理的轉變如何？

陳：我轉變過很多次。我覺得每個階段，都值得說出來給你們參考。我是基督徒，雖然我與普通的基督徒不同，但我仍然相信世上有神。所以知道消息後，第一個反應是問上帝，問為甚麼這樣不公平。如果上帝愛世人，為何要我得這絕症？心裏有很多不解和埋怨。這是第一階段。

我之後便接受治療。在這十二年中，我治療過好幾次，中間有過好轉。但在一年半前，我再度復發。最初以為是胃痛，痛得冷汗直冒，連止痛藥也無效。在劇痛中，我感到異常恐懼。當一個人最痛的時候，真是坐立不安，六神無主。那時我才明白，原來世界上可以依賴的東西，一點也沒有用。我們常對自己的氣力意志學識聰明等充滿自信，但面對身體的極度折磨，人真是完全無能為力。一個人身體虛弱，心靈也會跟着虛弱，思想理智都起不了作

用。後來有人問我，我說我就像大海裏的小船，風平浪靜的時候，想去那裏便去那裏，成竹在胸。暴風雨來時，卻完全無力。

東：有沒有想過自殺？

陳：雖然治療過程很痛苦，但我從沒想過自殺，可能我求生意志很強。但真的有無能為力的感覺。這感覺，和我常說的基督教裏的一個重要想法很有關係，便是人其實一無所是，沒甚麼值得驕傲。你以為值得驕傲的東西，其實只是因為你好運。用我剛才的例子，因為風平浪靜，你才以為自己很有辦法，可以把握一切。但其實力量聰明才智都經受不起考驗，當壓力大到不能承受時，人會崩潰。所以基督說人要謙卑，便是這個道理。

周：你最近的復發，和十二年前第一次知道患病的感覺有何不同？

陳：很不同。第一次的感覺很表面。那些頭暈、世界流失的說法，其實是面對死亡時的自然反應。但後來的反應便深入許多。我說的無能為力、一無是處，其實也是一種nothingness。我們平時總覺得有東西可以嘗試，人才會感到真實。但當你病到覺得沒有東西可試的時候，人怎得真實？

東：痛苦的時候會想到甚麼？

陳：那時痛得太厲害，要想辦法分散注意力。我對自己說，不要再想哲學吧，於是想找佛經看，結果看不下去。我當時讀了林語堂的《蘇東坡傳》，裏面談及許多蘇東坡面對的人生困境，例如如何被

排斥、被流放，如何懷才不遇。我想如果他能熬過去，我也可以。

周：剛才你說的是第二個階段，下一個階段怎樣？

陳：接下來的階段，是我接受了兩次化療，但最後都失敗了。化療很辛苦，好像有大卡車壓下來的感覺，我當時很希望付出的代價會有收穫，但可惜沒用，因為腫瘤雖然縮小了，但無法根治。而且化療有個弊病，便是之後很難再用藥。那時醫生已用了最好的藥，但沒有效，我真的很失望。我祈禱時不禁問，天主為何沒有眷顧我。

直到有天大清早，我一個人在校園散步。那天天氣很好，晨曦之下，草木青葱，花開得燦爛，大地充滿生機。見到和暖的陽光，我突然間領悟，這如斯美好的宇宙，並沒有因為我的病而變。它仍然生氣勃勃，教人愉悅。我當時想，如果有上帝的話，他便是宇宙的主宰，他不會因為我一個人而改變宇宙的規律。萬物有生有死，有起有落。因為有生，所以有死；因為有死，所以有生。一如沒有一朵花的凋謝，便沒有另一朵花的盛開。人是宇宙的一部分，宇宙成就了我，我亦成就了宇宙。人的死亡，其實反映了這一規律。我怎可要求宇宙的主宰，因為我一個人，便違背這規律？我為何只站在自己的立場想，而不站在宇宙的立場去想？

一旦想通，我之前的抱怨遂不翼而飛。這是一個很美、很舒服的心境。世界始終如一，而我生於其中，順其道而行。我和宇宙，合而為一。因此，我

不再同意存在主義將死亡談得那麼孤獨可怕。我開始覺得，死亡沒甚麼可怕，因為一個人的死，成就了其他東西的生。如果宇宙只有生，沒有死，它便不可能繼續。這種想法，對我來說，是很大的轉變，雖然其中的觀念可能在內心埋藏了很久。自此之後，我便想通了。但那不是概念上的通，而是真實生命的通。

周：你是否認為，即使你消失了，仍會以另一種形式存在？

陳：不是。我是否繼續存在並不重要。從整體來說，世界只有一個。只有分開你我他，才會有不同的獨立的世界。但如果合起來看，其實是一個整體，無所謂你無所謂我，而是彼此成全。有時是我死成全你生，有時是你死成全我生。在這意義下，你我的生命是分不開的。

周：這不易明白。

陳：這其實是莊子的想法。莊子說「方生方死，方死方生」，只有這樣，宇宙才能不斷生機勃勃。如果你執著於不要死，不想和世界分開，結果是全部東西都會消失。我們說死亡是分開，只因執著於個人，看不到宇宙是一整體。

周：但在一個強調個人主義的現代社會，這種想法不太能令人接受。對於很多人來說，我是我，他是他，彼此沒甚麼關係。

陳：我的說法很不現代。但如果按你所說的方式去想，那是死胡同，因為人面對死亡時真的會很寂寞。

周：換個問題，基督徒和非基督徒看死亡會否很不同？

陳：我雖然是基督徒，但對死後的生命不是很關心。我對此抱懷疑主義。對於未曾經驗過的，或不可能經驗的，我不太容易相信；尤其要我將自己所有信仰都寄託在那裏，更加做不到。很多基督徒會用死後有靈魂去解釋死亡，我卻喜歡用莊子。但我不覺得這樣做違背了上帝的意思，因為我沒有懷疑上帝不是宇宙的主宰。

東：一般人只從負面看死亡，但面對死亡時，它可以給予我們甚麼嗎？

陳：最大的收穫，是幫助我們更了解生命。存在主義說得對，人要面對死亡，才懂得面對生存。我們平時體會的生命，往往很虛浮，常以為自己很重要。面對死亡以後，人才會發覺以往所做的，未必便是生命中最重要的東西。走過死亡的路，人才明白何謂生。

周：那你覺得生命中，最重要的東西是甚麼？

陳：人最重要的，是過你想過的生活。你追求的東西，是你真的想要的，是值得你尊重和享受的。我們常說敬業樂業，好像是一種外在的要求，其實不然。一個人不能敬業樂業，他便不幸福，生命便會空虛。一個人的生命，表現在他所做的事上。你如果不尊重自己的事業，便是不尊重自己。一個人幹甚麼行業並不重要，重要的是你要尊重及享受自己所做的。

周：過自己想過的生活，便是活出自我？

陳：對。連自己都沒有，還談甚麼？人必須愛惜自己。總要先愛自己，才能愛他人。這不是自私，而是一切的基礎。愛自己不是說要有很好的物質享受，而是自愛。人不自愛，便不可能愛人，而只會依賴人。

周：你認為哲學可以幫助我們面對這些人生的根本問題嗎？

陳：哲學有它的作用。唐君毅先生曾告訴我，讀哲學並非學究性的，而要和生命有關。所謂愛智慧，首要是解決生命的問題。所以我喜歡的哲學，無論儒釋道、基督教、存在主義等，都和生命有關。有人說存在主義已過時，我不同意。哲學沒有過時不過時的。哲學只分有用無用，與潮流無關。讀哲學應該要有體驗，然後讓體驗跟學問一同進步，只着重學究的哲學家沒有用。

周：談了那麼多，我有點覺得，如何面對死亡，是要學的。

陳：對。我們每個人，都需要好好學習如何面對死亡。

對談時間：2002年10月24日

3 追尋意義
——與陳特先生對談之二

周：今天，我們想討論生命的意義。這個問題實在不
易談。讓我們從大家熟悉的希臘神話——西西弗
斯 (Sisyphus) 的故事談起。西西弗斯因為得罪了閻
王，死後被罰每天要將一塊巨石，從平地推往山
頂。幾經艱苦，當石頭就快到達山巔時，卻不受控
制地滾回山腳。受盡折磨的西西弗斯萬般無奈，只
好重頭來過，石頭又再滾下來。一次又一次，週而
復始。這個故事，常常被存在主義用來說明生命的
荒謬。為甚麼荒謬呢？

陳：我覺得這個故事首先告訴我們，生命中有許多
事，並非我們所能控制。每個人的出生、死亡以
至生活中的很多遭遇，都不是我們選擇的結果。
我們被拋擲到這個世界，然後被迫面對命運的安
排。從這個意義來說，我們每個人或多或少都是
西西弗斯。

對於生命的偶然性，我很小就有切身感受。記得讀
小學時，我考試總是前幾名，畢業後也順利考取了
當地最好的中學。那年我十二歲。有一天，我穿着
校服，揹着書包在街上走，一副志得意滿的樣子。
行過街角，卻見到小學班上考第一名的那位同學正
在餵豬。原來他家裏太窮，沒有機會再讀中學。我

當時彷如被一盆冷水當頭淋下來，剎那明白到，一個人無論多麼出色，也不是想讀書便可以讀的。我能讀上去，只因我比他幸運，生在一個家境較好一點的家庭。

那件事對我影響很大，至今仍然歷歷在目。我們常以為，人生很多事都在自己掌握之中。想深一層，其實不然。以行山為例，在途中你會見到甚麼風景，不是出發時所能預見的。我患癌病的經歷，更加深了這種體會。一個人的自然生命，說得悲觀點，完全是命運的奴隸，沒有甚麼值得驕傲，也沒有甚麼值得自責。

周：讓我也談談對這故事的理解。如果西西弗斯根本沒有自我意識，不懂得反思他這樣的生活到底有何意義，而以為一切皆理所當然，那麼推石本身，並沒所謂荒不荒謬。真正的問題是，西西弗斯是一個人。他有自由意識，他在乎自己的生活，他希望他的生命過得有意義。因此，他一定會問：這種重覆乏味徒勞的推石生活，到底有何價值？這是西西弗斯的問題。

我想西西弗斯可以有兩種方式，回答這個問題。第一，他可以相信，推石其實是為了實踐一個高遠的目標，例如在山上建立一座神廟。如此一來，生活遂有方向和重量，推石不再是徒勞的事，因為他為世界增添了一些本來沒有的東西。但西西弗斯很快便會失望，因為他的目標永遠無法實現。而想深一層，即使石頭不再滾下山又如何？他會推完一塊，

再推另一塊。神廟建成又如何？他會想建另一座。西西弗斯要麼很快感到乏味，要麼無止境地追逐一個又一個目標，直至老死。西西弗斯如果有點歷史意識，他也會很快明白，這些神廟，終有塌下的一天。世間並無不朽。況且，即使不朽又如何？不朽對誰重要？

第二種方式，是相信生活的意義，是向內求，而非向外尋。西西弗斯可以告訴自己，推石這過程本身便有價值，不管最後結果如何。為甚麼呢？因為價值是人賦予的。只要人令自己相信一己的生活有價值，意義問題便可解決。這種方式似乎十分輕省，因為它不需依賴任何外在的標準。但生活不見得如此任意。西西弗斯之所以要問意義的問題，正正因為他不想自欺。他渴望活得真實而有價值。活在一個自欺的世界，或許令他暫時減少一些折磨，卻不能長此下去。西西弗斯總會意識到，他實實在在地活在不自由之中。

西西弗斯的問題，多少也是我們每個人的問題——一旦我們意識到，我們的生活某程度上也是推石上山的過程。

陳：我同意你所說，我們每個人或多或少，都是西西弗斯。稍為想想我們的生活，便會發覺很多時候真是不由自主，而且不斷重覆又重覆。

因此，要談生命的意義，必須從人能夠自作主宰那一面談起。這也是為甚麼存在主義特別強調人的自由意志。其實不僅存在主義，中國古代儒釋道三

家、基督教、印度教等，都希望人能在難以主宰的生活中尋求主宰。兩者的不同，在於存在主義強調生活中沒有任何的規範和權威，古代哲人則嘗試提出一套客觀標準，讓我們看到生活的價值所在。他們雖然觀點各異，但卻都主張不斷追求慾望滿足的生活，談不上是一種自我主宰的生活。

蘇格拉底強調人要追求智慧。但為甚麼追逐名利的生活，算不上熱愛智慧？因為他覺得這條路錯了。耶穌也是一樣。耶穌受到撒旦的三個試探，也是和榮華富貴、世俗權力有關。其實每個人都受到這些試探。但耶穌決定不走一般人的路，而走另一條路，雖然這條路十分艱難，但真正的生命在那裏。他選擇了和上帝合一，和宇宙萬物合一。

周：但蘇格拉底和耶穌的態度，還是和存在主義有着根本的不同。前者認為對於甚麼是人的最後歸宿，甚麼是美好的生活，有客觀的答案。人雖然要自作主宰，但不是說凡個人決定的便有價值。存在主義卻根本否認有甚麼普遍性的標準，最後一切均由人的主觀選擇決定。

陳：你說得對。存在主義反對任何普遍性的規範，反對權威主義，結果只剩下一個光禿禿的自作主宰的個體。我覺得歷史很古怪很有趣。人類最初的歷史，是只有群體，沒有個體的。然後在公元前幾百年，耶穌、蘇格拉底、孔子、釋伽牟尼等思想家出來，全都強調個體的重要性，要人透過個體的覺悟、良知或理性能力，找到人生的安頓所在。

以基督教為例。基督教最初是從反對猶太教的規範主義裏出來的，例如不去聖殿、安息日出來做事等。耶穌是十分反傳統的。他不聽從權威的規範，背着十字架，願意犧牲一切去選擇自己的道路。我覺得耶穌表現了他對自己選擇的堅持。但到了中世紀，基督教卻變得教條化、機械化、權威化，人的個體性遂漸漸消失。存在主義其實是二次大戰後，西方社會對納粹主義及共產主義的一種抗議和反省。它的問題在於強調自作主宰，卻變得過於極端。法國哲學家沙特特別重視選擇，但我想他也知道，選擇不可能是一切，也不應是判斷價值的唯一標準。

周：我覺得存在主義的問題，其實反映了現代社會一個困境。在自由社會，我們給予人的個體性很高的位置，重視人的選擇，但選擇本身並不能解決意義的問題。一個人選擇行甚麼路，過怎樣的生活才有價值，似乎不是一句「我喜歡」便足夠。這樣會令得所有問題都無從談起。在個人自主和價值的客觀普遍性之間，有一重張力。

陳：你的觀察很對。存在主義說，我說它有價值便有價值，因為價值是我賦予的。這的確是個問題。西方知識論的傳統，最關心如何找到確定的知識，即確定到不可以否定的知識。但這個要求實在過於嚴苛，因為即使在自然科學裏，不同學科的知識的確定性也有不同，社會科學更不用說了。

但在人生哲學的領域，我們並不需要找一個像 2+2

＝4 的標準。就像學駕駛一樣，師傅通常教我們一個安全駕駛的標準，但每個人駕車的方式，多少總有不同，只要不太過份便行。我是想說，人的生命可以容許很多空間。孔子在《論語》中的教導，往往便因人因情況而異；孟子講仁義，最終也要講「權」，即要考慮實際情況。這樣說，並非抹煞價值的客觀性，而是說我們有一套大概的指引便可。這些人生的指引從那裏來呢？根據過往人類的經驗。例如幾千年前柏拉圖說民主不好，但累積下來的經驗，卻告訴我們民主較不民主好。我覺得人生的價值，社會的規範等，都屬於這一類。

周：回到一個較為根本的問題，為甚麼自我主宰這麼重要？在日常生活中，不見得每個人都很珍惜個人自主。

陳：如果一個人的所有事情都並非他所能控制，那生存是為了甚麼呢？有一次做手術前，我在病房旁邊躺着，沒有人理會我，自己又動彈不得，真有點像任人宰割。進入手術室，醫生給我打麻醉劑，整個手術的過程，甚麼也不由我決定。我當時想，如果人生也像這樣，有多少榮華富貴也沒意思。

周：就此而言，西西弗斯最大的不幸，是他不可以選擇。而人最大的幸，是在種種限制之中，仍然有選擇的空間。

陳：對。我想這是人性的要求。人有自我意識，才會渴望自由，渴望支配自己的生命。

周：這點我完全同意。我愈來愈覺得，人之所以會追問

意義的問題，之所以要努力擺脫各種內在外在的限制，說到底，正是因為我們意識到自己是個自由人。如果我們不在乎這個身份，很多價值便無關宏旨。

陳：所以我說人從群體中慢慢發展出個體的意識，是人類歷史的一大突破，等於使得人從動物的世界走進人的世界。

周：上面我們談了自我主宰對人生的重要性。我想再回到西西弗斯的問題。我剛才提到，西西弗斯可以靠完成一些外在的目標，來肯定生活的意義。我覺得，我們大部分人都是這樣。生命就像攀山，攀過一座，再攀另一座，直至老死。所謂的蓋棺論定，往往是數算一個人實現了多少成就。當然，很少人會認為自己堆積的石頭，有一天會滾下來。但我有時想，即使石頭不滾下來，越堆越多，最後還不都是付與斷井頹垣？人生如此短暫，且不說那不由己的，即使是由己的，又是何等微不足道。每念及此，我總有無窮的徒然之感。

陳：這感覺我以前也有，我想讀哲學的人都會有。但你可以換個角度想：我雖然很渺小，但始終也是整個宇宙的一分子，而每一分子都有自己的角色。石頭有石頭的角色，水有水的角色，各樣東西合起來，才構成一個美的有規則的宇宙。人和石頭一樣渺小，但人有人的位置。人懂得思想，石頭卻不會。當我們回望過去，發覺自己很享受自己扮演的角色，那便夠了。還可以怎樣呢？我成全了整台戲。我的下台成全了其他人的上台。如果沒人肯下

台，大家一起擠在台上，那便戲不成戲。

周：剛才你談到那位考第一名的同學的遭遇。一個人的一生，似乎總是在個人努力和外在環境之間掙扎糾纏。人可以如何面對這種掙扎？

陳：這兩者的張力的確很大。就此而言，人生是無可奈何的。即使一個人有很好的修為，這種張力也不會消失。人有時必須要承認自己的軟弱及限制，了解到不是所有的壓力，人都可以承受得起。

周：承認自己的限制的下一步是甚麼？

陳：下一步便要放鬆，不要執著，盡量學會寬恕謙卑。

東：回望過去，你如何評價自己的一生？

陳：我一生所做的事，主要不外兩樣。第一是教育，第二是做學問。我學問雖不太好，也沒有甚麼著作，但自覺一直有進步，也可以從紛雜的困惑中，找到一些見解。教育方面，我已盡力做好我的本份，學生反應也不算太差。而我所做的工作，是我自己喜歡和享受的，因為教育本身便有價值，它能令人與人之間有交流，分享彼此的人生體會。我想很多哲學家和我一樣，會認同溝通是文明社會很重要的一環。

我的一生，既能發揮自己的潛能，又享受自己的工作，也得到其他人的認同，所以我很知足，沒有甚麼遺憾！

對談時間：2002年10月31日

4　善惡幸福
——與陳特先生對談三

周：今天我們想討論「惡」(evil) 的問題。這個問題，
在倫理學中似乎不太受重視，因為倫理學較為強調
人的正面能力，例如人的良知和道德感等。但在現
實生活中，惡卻無處不在。人與人之間，國家與國
家之間，充滿爾虞我詐和不同形式的壓迫宰制。人
為甚麼會這樣？

陳：這是個大問題。我個人觀察，不同民族都有一個
頗為一致的觀點，即認為人的自然天性，基本上無
所謂善惡。例如我們不會用善惡來形容一個初生嬰
兒。有些宗教甚至認為，沒有善惡的狀態，才是最
理想的。例如《舊約》中的亞當和夏娃，本來生活
在不分善惡的伊甸園中，偷吃分辨善惡之果後，反
而墮落了。莊子亦認為，人最高的境界，是無善無
惡的境界，因此人最好能夠返回太初時代。

周：為甚麼這不是一件好事？那不正正彰顯了人異於
動物之處嗎？

陳：對莊子來說，人若能超越是非善惡的二元對立，
則會處於一種和諧狀態。但如果人有一套分辨的系
統，不斷將不同的價值和事物區分，便會有你我、
真假、好壞的對立，那自然會出現「這是你的，那
是我的」之爭，也就會有「把不屬於你的東西當成

你的便是惡」的結論。相反，如果沒有這種分野，
世界便沒有鬥爭，人便達到和諧完美的境界。

周：但這種想法是否過於理想？人作為有自我意識的
主體，總會將自己和他人、人類和自然區別開來。

陳：這點我明白。我並非說莊子的想法是對的，我只
是說明他為何會這樣想。儒家便不同意莊子，因為
如果同意道家的說法，我們根本不需要文化，但人
卻不能這樣。而且像你所說，人類能分辨善惡，也
不全是由文化造成。

周：我覺得莊子的想法，是面對春秋戰國亂世時一種
「往後退」的人生態度。面對亂世，要麼是積極面
對它，要麼是逃避它，退回到自然，退回到個人的
內心世界。當壓力大到一定程度，自由不可外求
時，便只能內尋。儘管如此，對於世人來說，惡始
終無從逃避。

陳：這涉及惡的根源的問題。人為何會犯惡呢？一個
相當普遍的觀點，是認為人之本性，總會追求慾望
的滿足。佛洛伊德、荀子如是說，孟子亦不否認。
但慾望本身無所謂好壞，因為每個人都有慾望。如
果說慾望不好，那麼每個人便都不好。

但當慾望的追逐過了限度，便成了惡。當然，限度
如何定，可以有不同解釋。例如效益主義會說，惡
是一個人的行為，影響社會秩序，傷害人的整體利
益。這是最常見的說法，它主要從外在的社會目標
來衡量一個人的行為。但想深一層，這個說法並
不足夠。柏拉圖在《理想國》中有個故事，說一

個牧羊人無意中得了個可以令人隱形的金戒指，他因此可以做任何事來滿足自己的慾望，同時卻不用擔心被人發現。假設你是這個人，你會否選擇犯惡呢？——即使你的行為對社會整體利益沒甚麼大的損害。

柏拉圖、儒家以至當代哲學家弗洛姆 (Erick Fromm) 都認為，犯惡的人不僅危害社會整體，還敗壞了他自身。雖然表面上他的慾望得到很大的滿足，但其實卻將他人性美好的一面扭曲了。我常常說，如果一個人只是關心自己，他並沒有完全實現自己。人除了關心自己，還會關心他人。如果一個人只是不斷滿足自己的慾望，對他人漠不關心，甚至不擇手段地傷害他人，他同時也是在摧殘自己。

周：這是個很根本的問題。對柏拉圖來說，道德生活 (moral life) 和幸福生活 (good life) 兩者是不可分的。真正幸福的生活，是合乎道德和公正的生活。現代社會卻將這兩者分割，對於甚麼是美好的生活，完全由個人決定；至於道德規範，則往往被視為是對個人幸福的一種外在限制，而非構成幸福必不可少的元素。

這是兩種完全不同的看生命的方式。你剛才說慾望的過度追求便是惡，但資本主義社會卻不斷鼓勵每個人追求自己慾望的滿足。它當然也有限制，但卻相當單薄，例如不可傷害他人，不可侵犯他人的權利等。對很多現代人來說，幸福便等同於無窮盡的慾望的滿足。

陳：這點我同意。現代社會是個多元社會，每個人的人生目標各有不同，但這並不表示我們沒有相同的人性。譬如我們說這是一張椅、那亦是一張椅，就是因為兩者有共同的地方。我們不會因為它們每張各有不同，便說它們不是「椅子」。所以，我們不能只談人的「個性」，而不談人的「共性」，從而變成有個性，沒人性了。

周：讓我回到性善性惡的問題。你說慾望過了頭，便產生惡。那甚麼是善？是否要令我們的慾望變得恰而其份？

陳：也可以這樣說，即是善能夠把人性美好的一面表現出來。我們以前讀書時，最強調的是「德、智、體、群、美」這五育，沒有人會否認這些東西不好。為甚麼呢？因為它們展現了人性美好的一面。如果人能夠將它們表現出來，那對個人和社會，都是有益的。所謂「育」，便是培育——培育這五種潛能，並將妨礙發展這些潛能的東西消除掉。對我來說，這都是常識。從希臘哲人、孔子到古印度的思想，都是這樣說。但很奇怪，現在負責教育的人，卻都不談這些了。

周：你是否在說，善其實先於惡，因為人本身便有這些潛能，而惡是阻礙這些潛能的東西？

陳：我們毋須這樣區分先後，因為人性有很多方面。舉例說，人有慾望、情緒、喜歡過群體生活、恐懼死亡、享受追求知識的樂趣等等。我們可以說，如果一個人能滿足他的慾望，亦能表現他的其他潛

能，並且保持和諧，那麼這個人便是幸福的。

當然，慾望很多時會和其他價值發生衝突。關鍵是要有適當的調節，並盡量將人性表現出來。我們毋須唱高調，說人要犧牲自己來實踐理想。很多細微的地方，需要具體分析，但基本原則是可以確定的。我想大家會同意，如果一個人有很好的知己朋友，和諧的家庭，擁有知識，享受藝術，為人有道德，基本的物質生活得到保障 (不是每天大魚大肉)，那他便是個幸福的人。誰能否定這不是幸福的人生?!

周：我同意你所說。但在實際生活中，每個人都會面對很多限制。知與行之間，往往有很大距離。

陳：這當然。一個人的限制，包括兩方面。一方面是自己內在的慾望。在慾望的引誘下，有些人會犧牲一些很重要的東西，甚至包括自己的親人朋友等；另一方面則是外在的壓力。

譬如有人窮得三餐不繼，還有一家幾口等着要養，如果有人引誘他去打劫，他很可能會做。又試想像一個間諜被敵方要脅他做反間諜，否則對他不利，我想一般人也很難抵擋這誘惑，因為沒有人知你賣國、亦沒有人知你忠於國家。換句話說，忠於國家對你沒任何好處，但你不忠卻使你得到很多好處。每當我在報章雜誌看到這些故事，我總會想，如果我身處其境，又能否拒絕呢？我覺得這真要身歷其境才敢說，否則都是「空口講白話」。

所以，誘惑是雙方面的。人如果要擺脫誘惑，一方

面人要主動努力脫離這種狀態，另一方面則要有外在客觀條件的配合。但我同意人有很多限制，而當人真的去到極限，便會感到無力。這種無力感，不僅源於外在的壓力，也源於人內心的軟弱。

周：我覺得人的意志其實很軟弱。一個人不行惡，很多時候只是因為運氣好。

陳：對。也許只是因為我們條件好，才不用為應否打劫銀行而掙扎。所以，每當我設身處地為他人着想，就會原諒很多人。

東：我也這樣想。有時別人認為我做了好事，但我會覺得只是自己未遇到一個令我做壞事的處境。而我們認為某個人是好人，很可能只是因為事情還未去到一個令他做壞事的境地罷了。

陳：所以我有時想，一個人所得到的稱讚，到底在多大程度上，是他所應得的。例如我小時候考試考得不錯，沾沾自喜，後來才發覺只是因為成績比我好的那個同學，家裏太窮，沒錢繼續唸書而已。別人稱讚我，但這是否都是我應得的呢？當然，我的努力有一定影響，但更多的也許是運氣。

周：這牽涉到幾個重要的問題。第一是幸福和運氣之間的關係，第二是道德和運氣之間的關係，第三是社會分配正義和運氣的關係。這三者都是當代道德哲學十分關心的問題。運氣意味着生命中，有太多隨意性及難以由個人意志掌握的東西。但倫理學追求的，卻往往是必然性和普遍性，因此兩者存在很大張力。

你剛才談到內在及外在的壓力，我認為這不是個別人的特殊問題，而是和社會環境很有關係。最明顯的例子，是資本主義不斷製造人的慾望，並鼓勵人們不斷消費。如果真的有柏拉圖所說的「隱形金戒」，我估計很多人都會用。

陳：你說的是現實情況，但我剛才說的，是人如何才能獲得幸福。現實的人往往不追求幸福，又或誤以為慾望的滿足便是幸福。弗洛姆認為這是現代人最大的問題，例如那些愈有權力、愈富有、愈有名聲的人，往往反而愈多恐懼、愈空虛、感情愈脆弱。我們整個社會現在行的路，和人應該走的大方向其實背道而馳。

周：你認為有出路嗎？

陳：要改變大勢很難。有人曾想過用社會主義來改變這大方向，但現在卻只剩下資本主義一枝獨秀。但社會主義失勢，並不表示資本主義便是對的。

東：但如果現代人在無止境地追求慾望時，根本不覺得恐懼，我們又憑甚麼指責這些人在犯惡？

陳：世事並不是你以為是甚麼，便是甚麼。人很多時候會自欺欺人。你看看現在的社會，有多少人正在飽受精神壓力和內心恐懼的折磨？如果追求慾望的滿足，會使人變得更快樂，變得不空虛，那麼人根本就不用追求「德、智、體、群、美」了。

周：所以你始終認為，幸福的生活是有標準可言的？

陳：對，最少這是我自己的體驗。例如我初患癌病時，仍有很多「得失心」，因為放不下得失，所以

不開心。但當我經過大病後，便超越了這個心，心境變得舒坦，不再患得患失。當然，我不是說，凡事皆絕對，人人必須一樣。畢竟每個人的個性都不同，關鍵是如何將情緒、感情、興趣等結合在一起。

我覺得恰如其份很重要。人應當向着目標奮鬥，但當你盡了本份，結果如何也可心安理得。就如林則徐的女婿所說的「還於天地」，即將結果的部分，留給天地決定。這也是還於上帝的意思。我覺得這樣的人生觀不錯，一方面進取，另一方面又能放下。

東：但這又不是完全放下，因為你尚要盡自己的本份。但深入些想，這對某些人來說，其實挺困難的。因為當盡了力的那一刻，你心裏一定希望自己能夠成功，否則你不會有那麼大的動力。但當有你這種想法時，人對於自己的追求，又會多了一分懷疑。要一方面執著，另一方面又能放下，真是談何容易。

陳：我同意這種境界很難達到。我們做一件事，總希望它能成功，而失敗後自然會傷心，甚至遷怒於人。所以，這是修養的問題。

周：讓我再回到惡的問題。其實惡除了對自己，也會對其他人造成傷害，它也牽涉到個人與社群的問題。

陳：這當然重要。人對自己有責任，也對其他人有責任。古人喜歡兩方面一起說，即個人幸福和道德責任是不可分的。我是一個體，但也是社群的成

陳生和師生一起行山留影

員，所以對社群亦有責任。我甚至覺得，我與社會的關係，其實是「我」與「我」的關係。為甚麼呢？因為人性之中有合群的特性。當我與社群有個合理關係時，我與我的人性也便有個合理的關係。柏拉圖、康德以至孔子都提到這方面。例如儒家說「修身、齊家、治國、平天下」，即表示修身要通過「齊家、治國、平天下」來實現，而不是彼此獨立，各不關涉。

現代人卻喜歡將兩者分開。這樣一來，道德便成了一種限制，一重壓力，外在地限制你個人幸福的追求。這等於說，本來我是不願意遵從甚麼規範的，

但因為社會定了一些規則，我才迫不得已服從。

如你上面所說，這是個根本的轉變。如果道德是人性美好的表現，那人應該很開心才是。儒家說「好德如好色」，便是說喜歡道德，就好像喜歡「靚女」一樣；「惡惡如惡臭」，便是說討厭惡行，就好像討厭臭味一樣。如果一個人能夠這樣，便會處於一種和諧狀態，道德心和慾望兩者合二為一，並以行善為樂。

周：回顧你的一生，有沒有哪個時刻，自己是十分軟弱，經不起誘惑的？

陳：我真的很幸運，從未遇過甚麼大的誘惑。我小時候的生活曾經很困苦，但沒有甚麼誘惑大到令我犯「罪」的地步。

周：或者這與個人性格有關。

陳：這個也是。我的父母對我教育比較嚴厲，所以每當做錯事，我都會有罪咎感。小時候犯了小小錯，總會羞愧得想找個洞爬進去。但我必須承認，那也是因為沒有甚麼大的壓力迫我鋌而走險。

周：這又回到今天討論的主題，即惡、幸福與生命中無從控制的運氣這三者之間的關係的問題。

陳：確實如此。

對談時間：2002年11月7日

相遇一　老師

33

5　師友雜憶
——與陳特先生對談四

周：今天我們懷舊一下，想請陳生談談你的老師和朋
　　友。為甚麼要談這個題目呢？一來我們想多點了解
　　老一輩的師長，二來師友交往，本身便是個值得探
　　討的問題。畢竟在人生路上，對我們生命影響最深
　　的，往往是自己最尊敬的老師，和最知己的朋友。

陳：這個題目的確值得談，可談的也很多。首先，我
　　們須明白，人之所以為人，總是在關係中建立起
　　來。我們不是先有一個獨立的「我」，然後這個
　　「我」再去和別人交往，而是從一出生開始，人便
　　處在種種關係之中。這種關係很複雜。一方面，它
　　有偶然性，因為你生命中遇到甚麼人，不能由自己
　　控制。另一方面，每個人卻又可在其中扮演重要的
　　角色。例如很多人都碰過唐君毅先生，但他們卻對
　　唐先生沒有任何感受。

　　我初次見唐先生，是在珠海書院讀二年級時。珠海
　　很多學生上唐先生的課一無所得，因為他們聽不懂
　　他的四川話，又或根本對哲學沒有興趣。有些人甚
　　至認為他行為古怪，例如有學生說這個老師的衣領
　　都黑了，肯定連洗衣服的錢都沒有。唐先生當時教
　　書，其實蠻寂寞，因為學生沒心思上課，全都縮到
　　課室後面，只有我坐第一行。但我第一次聽唐先生

的課，便很震撼，因為他談的東西，正是自己平時困惑不已的問題。唐先生是個很專注做學問的人，例如有次他用手帕抹黑板，急起上來又用它抹自己的臉。師生交往，很講緣份。如果學生對一位老師的學問人格沒有嚮往，很難建立深厚的師生關係。牟宗三先生說過，如果人的三代，即父母與師長、同事與朋友、學生與兒女都有很好的溝通，那便很難得，因為每一代給予人的刺激都不同。學生給老師的刺激，大不同於朋友之間的刺激，兩者均無可替代。而師友關係與父子關係亦不同，因為父子關係建立在先天感情上，師友關係則建立在追求學問上。師友間如果沒有追求學問的真誠，也便沒有甚麼意義。牟先生說過他在台灣，曾接待過學生到他家裏，包食包住。對他來說，最重要的是追求真理學問，其他考慮都是其次。

唐先生與牟先生曾辦過人文學會，與一班學生定期聚會，討論學術與人生問題，大家都很快樂。牟先生多數作開場白，其他人便提問題。牟先生常告訴學生一個故事。他說有次聚會，有位學生遲到，別人問他為何遲到，他說因為有更重要的事做。另一個同學馬上問他，有甚麼事情比追求學問更為重要？由此可見，真正的師友關係，要對學問有共同的尊重和嚮往，然後互相砥礪，一起進步。

周：你可否說說你所熟悉的錢穆、唐君毅及牟宗三先生？

陳：我很尊重錢先生，他口才很好。雖然有人說他的

牟宗三、劉述先、陳特等留影

鄉音很難明白，但是若聽得懂，會很欣賞他。他講
話很有節奏，不慌不忙，但卻最能打動人心。他的
文章也是一流的，尤其是文言文。我覺得他真是一
個傳統讀書人的典範。

周：你讀新亞研究所時才聽錢先生的課？

陳：我在珠海時已經到新亞聽課，錢先生的課我全都
　　聽，也聽唐先生的課。

周：當時新亞有多少人？

陳：那時新亞人很少，我想最多只有幾百人。所以那裏
　　的人我都認識，他們也認識我，還把我當新亞人。

周：當時的讀書氣氛怎樣？

陳：新亞的氣氛很好，因為當時錢、唐、牟都在。當
　　時有一種高尚的文化救亡精神，覺得國家有難，中

國文化亦受到挑戰，要齊心協力承傳中國文化。所以新亞當時不單是一所學校，也是一個文化團體，在錢先生帶領下，師生之間懷着救亡的心情來辦學。我記得當時不少學生要由調景嶺步行到深水埗桂林街上課，足足要走半天。相比於崇基的學生，當時新亞的同學覺得他們是貴族，是另一類人。

周：你與錢先生交往多嗎？

陳：錢先生其實蠻喜歡我，我記得我曾寫了篇論文，他批改後當着很多同學面前稱讚我，令我滿臉通紅。當我寫碩士論文時，本應由唐先生指導，但那年唐先生要到美國講課，我便問錢先生該怎麼辦。錢先生說不如由他來指導，於是我那關於中國哲學的論文，是在錢先生指導下完成的。不過我一直與唐先生保持聯絡，也把論文給他看，他也給我意見。

周：唐先生對你的影響大嗎？

陳：唐先生常令人有如沐春風之感。唐先生從來不會說別人的壞話，每當聽到有人批評另一個人時，他總會想到被批評者的一些好處。但我和唐先生還未到無話不談的地步，因為他真的像個師長，每次見他，自自然然便會恭恭敬敬。我對着錢先生更加恭敬，因為他很重視傳統師生的禮儀。而牟先生則好兒，常常見他罵人，罵學生讀書讀得不好，沒有禮貌等。我很慶幸跟他交往多年，沒有被他罵過。牟先生是個很率性的人，只從道義上看事情。他認為一個人看見有甚麼不對的事情，一定要說出來，師

友相交不應有所隱瞞。

我與牟先生可以無所不談，但在唐先生面前卻有所顧忌，因為他為人很敦厚，生命中的一些黑暗面，不敢跟他直說。牟先生卻會主動說。牟先生曾承認，只要有一個女人能使他眼前一亮，你要他跪下來也願意。我覺得他可以這樣跟學生說，真的很厲害。

有次我問牟先生，說宋明理學家要人「去人慾，存天理」，也即排除人的慾望，追求天理。但人慾那麼多，要統統放棄真的很困難。我說我十五歲時曾嘗試「去人慾」，但卻發覺這樣壓力更大，愈是想排除，便愈想做，很辛苦。牟先生給我一個很精彩的答案，令我一生難忘。他說去人慾就如釣大魚，不可以「一味」去扯，否則會翻船，最後連命也丟了。釣大魚不可以扯，要懂得放線。我從來沒想過講儒學的人會有這樣的言論。錢先生和唐先生絕對不會說這些話題，他們跟牟先生是很不同的人。

周：這幾個老師講課有甚麼不同？

陳：牟先生講課很清楚，概念清晰有條理，很多學生都喜歡。唐先生則是「滾書」，令人頭暈眼花，因為他知道的東西很多，資料豐富，所以上唐先生的課最好要先有一些基礎。牟先生的口才也好，但和錢先生不同。錢先生的話能夠打動人心，牟先生卻說理清楚。唐先生口才一般，但是上課非常投入。

周：唐先生是否對你影響最大？

陳：可以這樣說。我本來並不知道自己要行一條甚麼

路，但聽過唐先生的課，便豁然開朗。他解說為何人要有理想，為何不要隨波逐流，從而令我確定一些值得我去追求的東西。其實透過和他談話，聽他的課，看他的書，你會發現他都在傳遞這個訊息。除非你完全不接受，否則總會慢慢被他感染。

周：唐先生本人的人生體會從哪裏來的？

陳：唐先生的父親是個知識份子，媽媽是個中學教師，可說是家學淵源。他的父親喜歡中國哲學，但唐先生開始時卻喜歡西方哲學，因為他覺得中國哲學不清不楚，後來才逐漸發覺他父親有點道理，因為中國哲學裏面有很多智慧。他先到北京大學讀書，但不喜歡那裏的氣氛，於是轉到南京中央大學。《人生的體驗》這本書是他三十歲時寫的。他這本書原不是寫給別人看的，而是寫給自己的筆記，用來鼓勵自己。後來他把它拿給朋友看，朋友才叫他拿去出版。雖然這是本很小的書，但他卻常常用它來講課，可見對他的人生影響很大。我記得在他退休時，也仍在講這本書。

周：讀唐先生的文章，真的覺得他是至情至性之人。

陳：對。有次他在尼姑庵睡覺，雖然他不是佛教徒，卻對佛教和宗教十分欣賞。那天晚上他整晚聽見木魚聲及尼姑在唸經，很是感動，哭了整個晚上。他是個很感性的人。

東：除了以上三位，會否有其他老師或朋友對你有很大影響？

陳：從珠海畢業後，我先去《中國學生週報》工作了

錢穆先生和陳特等人留影

一年，然後才進新亞研究所。《中國學生週報》的
氣氛和新亞有點相似，大家都覺得應該為國家、為
文化做些事情，所以那時除了辦報紙，還在一些中
學招募通訊員，把他們學校發生的事情告訴我們。
我們亦有舉辦一些活動，讓通訊員自由參加，如學
術組、音樂組等。我們培養了不少人才，如後來到
荷里活拍電影的導演吳宇森，也參加過這些小組。
當我初做編輯時，週報總部設在新蒲崗。我從新亞
研究所畢業後，便回到週報做社長，當時由陸離做
編輯，總部則已搬到彌敦道與亞皆老街交界一座樓
宇的五樓，後來再搬到廣華醫院旁邊，華仁書院對

面。那時侯我們有共同的理想，希望辦好報紙、做好那些通訊員小組，播下種子。這些活動其實影響很大，後來七十年代發起學生運動的，便是這群人。小思也說過，她是讀《中國學生週報》長大的。當時週報的同事，住在一起，吃在一起，互相批評，對我的生活有很大激勵。現在回想，那段歲月真的很好，無論在讀書和人格培養上，對我的影響都很大。

東：你當時是怎樣加入《週報》的？

陳：那時我剛從珠海畢業，正在為找工作煩惱。但有天卻忽然有人來找我，說想請我當編輯，我嚇了一跳，接着便答應下來，因為我很需要一份工作，而編輯這工作挺適合我。我當時問他為何要找我，他說是珠海的系主任推薦的。

周：從你多年的教學經驗來看，你覺得理想的師生關係，應該是怎樣的？

陳：我覺得可以有兩方面。一方面，師生關係離不開追求學問和真理，大家要有一個共同追求的方向。另一方面，學問要有客觀性包容性，不一定要認為老師說的，便是真理。在這方面我挺欣賞西方。我在美國留學讀書，學到一樣東西，便是教學應該是雙向的。每個人尋求真理的路不同，而且每個人尋求到的真理也未必一樣。我們不能說只有一種發現真理的方式，也不能說某個人的學說，便是唯一的真理。我們應有一客觀精神，通過某個客觀的方式讓我們（包括老師和學生）去追求知識。師生當然

上圖：陳特和錢穆先生，下圖：作者與陳特先生

可以溝通，但不能說溝通後，一定只有一個絕對的
定案。這並不可取，因為會扼殺人對學問的追求。
我覺得有很多大師的學生，都不能走出屬於自己的
路，和這很有關係。

我當年曾經寫過一封信給牟先生，結果令他有點不

快。我説我到美國之後，看不到像他和唐先生那樣的大師，只看到一些很有學問的學者。但他們有個長處，便是很尊重學生的自主性。每個學生可以暢所欲言，説出自己的想法，甚至在堂上公開駁斥老師的觀點。我曾見過這樣的故事。當時有個學生用甲老師的觀點去駁斥乙老師，然後在下一課則用乙老師的話駁斥甲老師。美國的學生就是這樣學到很多東西，因為他們的老師不會因此而發怒。牟先生回信給我，説他有點不開心。他認為他們教書的方式與美國不同，因為那時國家處於生死存亡，教書不是坐在梳化椅上風花雪月，而是關懷生命和學問，所以要嚴厲一點。

周：我有種感覺，老一輩很多時視生命和學問為一體，而不僅是傳授知識給學生，所以總希望學生在各方面都能和他們相契，跟從他們的道路。

陳：我覺得不用這樣。這個「道」其實可以放鬆一點，不要把它限制在自己的期望當中。唐先生的道，便較為寬鬆。他常説各門各派都有一個門，我們可以透過彼此的門，通往別人的派別。他們那一輩也許使命感太強，常常説要為國家救亡，但這樣做，有時的確會窒息學術的正常發展。我覺得每個人都可有自己的路，別人與自己有些不同沒有關係，只要不是南轅北轍便可。

對談時間：2002年11月14日

6 論情說愛
——與陳特先生對談五

周：今天我們試來討論情和愛。很少人會否認，愛在
我們生命中的重要性。愛有不同種類，親情、友
情、愛情，都表現了人與人之間的愛。而愛是相互
性的，在付出的同時，也希望對方有所回應。如果
一個人不斷付出，對方卻無動於衷，大家的關係便
很難維持下去。

陳：當然，如果彼此能夠一來一回，這樣會很好，大
家沒甚麼遺憾。如果有去無回，人會覺得這種關係
有缺陷，不和諧。

東：愛是很特別的事。人與人之間，本身便有隔膜。
人是孤獨渺小的個體，往往通過愛，與他人連成一
體。若愛只是單方面的，便很難做到這一點。

周：之前我們談到存在主義。存在主義似乎認為，人
大部分時間，皆要孤伶伶一個人作很多決定。我記
得你說過，現代社會人與人之間的支持和關懷很不
足夠。你會否覺得這不健康？

陳：自從我病了以後，愈來愈體會到，西方社會很易
把人帶向一個孤獨和恐懼的狀態。大家的物質生活
改善了，人的內心卻很寂寞。以前你在外面受了
氣，可以回家和家人訴說一番。事業上遇到甚麼問
題，整個家庭也會支持你，令自己安心一些。但這

樣的支持，似乎愈來愈少，因為社會變得愈來愈個
人主義。

東：我覺得發展和維持一段關係，需要雙方投入，將
　　整個人灌注進去才行。但現在的工作環境，卻令人
　　們很難投入多些時間到家庭生活。而一方投入得
　　少，另一方跟着減少，便形成惡性循環。

周：回到剛才的問題。如果我們真的愛一個人，她與
　　我便不應只是工具性的關係。如果我只視對方為手
　　段去滿足自己的目標，那不是真正的友情，愛情就
　　更不用説了。但人在付出感情時，總渴望某種回
　　報。如果這種關係不是純粹工具性的關係，那它的
　　性質是甚麼呢？

陳：愛不可能是工具性的，因為愛一個人，和愛一張
　　梳化不同。愛一個人，一定要尊重那個人的人格，
　　但梳化卻沒有人格。我愛爸爸也好，媽媽也好，我
　　是對着一個有人格的人。愛一個人，一定是對那個
　　人有尊重。尊重的意思，是説我們不可以説因為沒
　　有了爸爸，便去換一個爸爸。我們不可以那樣想，
　　因為人和死物不同，每個人都應有自己獨立的人格
　　和尊嚴。

周：你提出尊重這想法很重要。當談到尊重時，我們
　　一方面不可當人是工具，另一方面要尊重對方是獨
　　一無二的個體。所以，我覺得真正的愛，源起於一
　　種情感，即希望與另一個體建立一種非工具性的彼
　　此關懷的關係。在這種關係裏，我們得到滿足，而
　　這種滿足不能隨便用其他東西替代。

陳：這在哲學裏是個很重要的問題。所以我一直強調
宇宙是多元的，需要多元的東西互相配合，互相依
存，就如男人不可以代替女人，小孩不可以代替老
人。社會中需要一中有多，多中有一。

周：當然，對個體的肯定，是現代社會一個重大的成
就，因為它承認每個人都是獨立的主體，有自己的
價值追求和存在價值。但我們同時渴望社群生活，
希望人與人之間不只是純粹工具性的利益關係。要
在兩者之間取得平衡，是個大問題。

陳：這的確不容易。當我們說在人際關係中，過度佔
有和主宰他人不好時，也是說要尊重個體的獨立
性。所以，父母要給子女一定空間，男女之間要尊
重對方的生活方式，不可以說因為我愛你，你便要
甚麼都服從我。我們需要某種平衡。

東：其實不只是要尊重對方，同時亦要尊重自己。因

為你不可以沒有了自己。你尊重對方是個獨立個體，同時也尊重自己是個獨立個體。

周：我有另一個問題，是關於愛的能力的。這個星期，我曾和學生說：「你們生命中有些東西，是很精彩的，但是你們卻不懂得珍惜。當你們失去了，甚至也不知道它們為甚麼精彩。」其實我想告訴他們，他們還有赤子之心，仍然待人真誠。當有一天人失去這份純真無邪的心，便再沒有能力感受生命中很多美好的事物。愛，其實也一樣。當我們長期活在一種汝虞我詐的環境中，日子久了，也可能會慢慢失去愛的能力，從而以為這個世界只有工具性的利益關係，不懂去愛人，也無法領受別人的愛。

陳：是的。人不是說想愛便去愛，生命中有些東西會阻止你去愛。當你發展那些東西時，愛的能力可能會減少。要培養愛，有時要抑制其他活動。例如一個人將所有時間心思都花在工作上，又怎會有心力去愛身邊的人。這有點像讀書。一個人有興趣讀書，便會花時間在上面。讀得愈多，能力便愈好。所以說能力和興趣，很多時候分不開。

周：我有點覺得，一個人有能力去愛，其實是種福氣，這種福氣較被愛更為重要。

陳：是呀，那當然是。我在跟崇基一年級生上課時曾說過，被愛當然好，但能夠愛人就更好。我們通常以為被愛就是我好，愛人就是你好，其實不然。如果人能養成愛人的習慣，便會感到很快樂。

周：但在這點上，有沒有運氣的成份？ 我覺得是有

的。我的意思是，如果愛是一種能力，那麼他與家人的關係比較好，自然也會培養出這種情感。反之如果他生活在一個貧困家庭，與家裏的關係又差，便需要很努力才能有那種情感。我覺得這是人的運氣，因為很多時候，這些都不是人的選擇。

東：那當然。你甚至可以說，這是需要有一種愛人的性格。

陳：很多事情既有運氣的成份，也有自己可以努力的成份，通常兩者都有。

周：人為甚麼需要愛？是不是人怕孤獨？

陳：我一開始便說，愛是人與人之間的一種關懷。我相信真正的愛，包含很多東西，例如要互相尊重，互相了解。若彼此不了解，但卻說我是愛你的，我就像愛一個假的人一樣。這表示，人與人之間需要感通。當然，人與之人之間互相關懷，互相尊重，互相了解，要看去到甚麼程度。如果你能去到某個程度，那便是愛。譬如我關懷一個人，關懷我的同事，關懷我的學生，但這卻未到愛那個程度。所以我想這是程度差別的問題。

周：為何我會問上面的問題呢？設想有兩個人過着兩種生活。一個人很成功，賺很多錢，名成利就，但卻缺乏愛。另外一個人可能沒有這些物質的東西，卻有愛。到底那種人生較為幸福？對不少人來說，也許只有在患病或孤獨的時候，才會特別感受到愛的重要性。但在平常日子中，追逐的卻往往是名利，既不珍惜別人的愛，亦吝於付出自己的情。

陳：你説得對。人在有能力時，尤其覺得自己可以支配一切時，往往覺得愛無足輕重。但這是幻象，因為一個人不可能永遠那樣事事順心。譬如説一個有財有勢的人，他的兒子忽然全都死了，他會驟然覺得這個世界很虛幻。每個人生活中都會遇到不能預計的事，可能是太太忽然死了，可能突然被朋友出賣了。因此，不要以為自己有權有勢，便可安枕無憂，因而説自己不需要愛。

周：另一個有趣的問題，是正義和愛之間的關係。當代哲學家羅爾斯（John Rawls）曾經説過，我們對正義的追求，一如對愛情的追求。但我覺得這個類比不太對。我在想，如果社會過度強調正義，可能會對人與人之間的關愛有所阻礙。如果我們只重視「甚麼是一個人應得的」，那只需要建立一套公正的制度，確保每個人不去侵犯他人的權利，得到自己所應得的便夠。但愛應不止於此。愛所體現的，不是權利和義務，應得或不應得，而是對他人發自內心的關懷和付出。

陳：在世界文化裏，西方人從希臘時代開始，便覺得制度很重要，因為有制度才可以有公平。他們認為建立制度後，每個人都跟着制度做，便會受到公正對待。而這種正義觀也體現了對每個人的愛，因為這能公平地照顧到每個人的利益。

但情況未必是這樣，因為制度也有漏洞和不足。中國人便比較多談愛，而愛是比較個人的。宗教也一樣。耶穌遇到一個犯了姦淫罪的人，周圍的人問他

應否打死他。耶穌的回答很有智慧。祂說：「你們中間誰是沒有罪的，誰就可以先拿石頭打她。」這可見他所照顧到人的感情，而這是個人的。

但我也覺得，這兩個東西各有所長。制度往往沒有人情，總是冷冰冰的規條。這樣的人際關係，是否一定好呢？這點我有疑問。每個人都依照法律辦事，這個社會是否便最理想呢？譬如兩夫妻結婚時簽了契約，依照契約來做夫妻，到分財產時依照制度來辦事，這很公平，但卻少了人情味。

另一方面，如果一個社會只重視私情，也會出現問題。例如孔子所說的「父為子隱，子為父隱」，便讓人詬病，說他不尊重法律。所以我想這兩個東西，制度和人情，缺一不可，要有平衡，分寸要掌握得好。

周：我想愛總是有差等的，它本身便是一種特殊性的關係，我們總是關懷某個特定的人，重視某種特殊的關係。但正義要求的，往往是普遍性的對等的關係。或許我再多問一個問題。對你來說，甚麼是理想的愛情？

陳：我覺得理想的愛情，很難做到，因為人很矛盾，很麻煩。當然，最理想的，是兩方面要互相了解，互相尊重，尊重對方的性格。有些後天的缺點可以改，習慣也可以改，性格卻很難改。所以你要分辨，那些是先天的，那些是後天的。如果你真的愛她，便要連對方性格中的缺點也要尊重。你要關懷她，一如關懷自己一樣，關懷到你不覺得自己在關

懷她。我覺得莊子說的境界最好，雖然他說的不是
愛情，而是人與人的關懷。他說「忘己、忘我」，
意思是說我對你，與對自己沒有分別，即我愛你時
不覺得自己在愛你，而像在愛自己一樣。我覺得這
是最高的境界。

還有一點，就是人是會變的。人的情緒會變，能力
會變，志向也會變。兩個人相愛，如果其中一個變
得很厲害，一個完全不變，日子久了，要彼此了解
便很困難。所以我想，兩個人要長久相愛，需要共
同進步。如果一個人不斷落後，另一個不斷進步，
便很難維持下去。美好的愛情，最好兩人有默契，
一起努力。

周：兩人要共同進步，才能夠互相欣賞。我覺得不僅
　　愛情是這樣，朋友之間也是這樣。要互相欣賞，關
　　係才可持久。

東：我覺得這與人貪新忘舊的心理，有一定關係。因
　　為人抗拒重覆。若一段關係沒有注入一些新的元
　　素，人會很容易厭倦。一如你自己希望不斷有進步，
　　一段關係也需要互相進步，才會有新奇的感覺。

陳：兩個人一起進步，其實是一種鼓勵。所以我覺得
　　愛是動態，而不是靜態的。

對談時間：2002年11月28日

7　光照在黑暗裏
——追念沈宣仁先生

　　沈宣仁先生逝世兩週年了。這兩年，我常常想起他。也試過許多次，想寫點甚麼東西。但每有此念，腦中泛起他的聲音笑容，總是不能自已，下筆維艱。如果沈先生還在，能和他散散步聊聊天，那該多好。我常常這樣對自己說。

　　沈先生是中大宗教系的老師，崇基學院的院長，但我既不是宗教系的學生，也不是崇基人，因此我正式認識沈先生，是一九九四年春天修讀他的〈宗教哲學〉的時候。第一天上課，沈先生推門進來，手裏捧着厚厚一大疊書。那是由 John Hick 主編的宗教哲學論文集，精裝本，五百多頁，由柏拉圖、阿奎那到羅素和維根斯坦，都收在其中。我以為是教科書，沈先生好心幫我們先訂了。誰不知沈先生一開口，卻說這本書送給我們。我嚇了一跳。一班三十多人，一人一本，花費可不少。沈先生想我們讀書，卻又怕我們負擔不來，乾脆送書給我們讀。這本書仍在我書架，書頁都發黃了，上面還有不少當年上課留下的痕跡。

　　那一科讀了甚麼，記憶早已朦朧。印象最深的，是沈先生推薦我們讀的一本書。我記得當時他說：「有一本書，你們一定要讀。讀完，會影響你一生。這本書是陀思妥耶夫斯基的《卡拉馬助夫兄弟》。」

沈先生聲如洪鐘，一臉熱切一臉認真。我被打動，下課後馬上跑去圖書館借，之後又讀了《罪與罰》。我不曉得這本書是否影響我一生，但我的確讀得如癡如醉。在今年某個課上，我和學生一起重讀了〈宗教大法官〉那一節。我一字一句地將整節讀出來，當唸到「他們永遠不能得到自由，因為他們軟弱、渺小，沒有道德，他們是叛逆成性的。」和「人一旦得到了自由以後，他最不斷關心苦惱的問題，無過於趕快找到一個可以崇拜的人」時，不禁心生悲涼，不禁想起沈先生。如果沈先生在，他會怎麼說？如果人真的如宗教大法官所言，上帝何必給人選擇？人的自由又從何談起？

沈先生一定被這問題深深困擾過。早在一九七〇年寫的一篇短文〈光照在黑暗裏〉中，他便說：「我看罪惡是事實，不成問題。問題是：黑暗之中有無亮光照耀？人在黑暗中，可否看得到上面的群星照耀，望得見未來的一線曙光？我想這是信仰的問題，好像上帝的存在一樣，不能證明。」他臨去世前給我的電郵中，竟然重提了這個觀點，還引了約翰福音中的一節，說「光照在黑暗裏，黑暗卻不能掩蔽它。」我有點覺得，沈先生的一生，既相信有光，也在有意識地用他全部的生命，印證這光的存在。

另有兩件小事，值得一提。那時我是學生報的編輯，有一期負責做了一個關於中大教學質素的專題。當時辦報，從採訪寫稿植字貼版到送報，皆由我們一手包辦。我那天一大早將報紙送到各書院，便去上

作者和沈宣仁先生

課。十時左右，傳呼機響，回覆才知是崇基院長室打
來。沈先生在電話中說，讀了我們的報紙，覺得專題
做得很好，道出了他的心聲。我在學生報幾年，那是
唯一一次收到老師的鼓勵電話。沈先生後來和我說過
好幾次，他覺得一所大學最重要的，是學術風氣。只
有當大學的老師和學生都有求真之心，並以一種知性
的熱誠去追求學問時，大學才能進步。使他感到痛心
的，是這種風氣愈來愈差，大家見面都不談學問了。

　　另一件小事，則和校長遴選有關。一九九五年，
高錕校長即將離任，學生會要求公開選舉校長的聲音
遂起。某天中午，學生會在烽火台辦論壇，請了金耀
基教授和四書院院長出席。那天烈日當空，出席的只
有十來人。長長的百萬大道，異常冷清。輪到沈先生
發言。沈先生說，民主原則不見得是最好的制度，也
不見得適用於所有領域，例如柏拉圖便不這樣看。沈

先生說完，台下有點嘩然。我們當時沒甚麼人讀過柏拉圖，對於柏拉圖為甚麼反對民主，也不大了了，所以沒人和他爭辯。但沈先生在那樣的場合，一臉大汗地說起哲學來，而且極其認真，真是異常可愛。校長如何遴選，其實和他無關，他大可虛應幾句便算。但他覺得民主制度的優劣得失，本身是個學術問題，值得認真討論，於是直率地說出自己的看法。

柏拉圖是沈先生最喜歡的哲學家。我重讀他的電郵，才發覺在最後一封中，一開始便和我討論他對柏拉圖的《理想國》和《法律篇》的看法，然後說如果他還有時間的話，很想寫一篇文章，探討柏拉圖如何看權力 (might) 和「正當」(right) 的關係。在自知生命即將到達盡頭的時候，沈先生對他的生死淡寫輕描，卻對不能繼續思考哲學流露出淡淡的遺憾。

沈先生在芝加哥大學畢業，深受芝大重視通才教育的影響。六十年代到崇基後，一手建立崇基的《綜合基本課程》，為崇基及中大日後的通識課程奠下基礎。沈先生十分重視經典研讀，並開過「基督教經典」、「柏拉圖理想國」等課。余生也晚，未聽過沈先生這些課，但在我的讀書和教學經驗中，也慢慢體會到，最好的人文教育，是由老師帶着一小群學生，以認真虔敬的態度，精研人類文明各種經典。書讀多了，自然腹有詩書氣自華。只是這樣的年代，恐怕早過去了。我也曾試過在書院教通識，和學生一起試讀柏拉圖、穆勒、托爾斯泰等，感覺相當吃力。在不知有經典的年代讀經典，大多數學生會覺得這是負擔。

讀書需要一種氛圍，一種人人視讀書為天經地義的氛圍。有了這種氛圍，不讀書的人也會受感染。可惜這樣的氛圍，今天已幾近於無。

二〇〇三年十一月，沈先生偕夫人由美返港，住在崇基。我和沈先生多年不見，於是找了個晚上冒昧前往拜訪。沈先生其時大病初癒，癌病未有復發跡象，談興甚濃，電影哲學宗教教育，無所不談。我們聊到十二時仍意猶未盡，遂約好在他離港前一晚再見一面。第二次見面，沈先生多談了對生命的體會。我問他甚麼才是美好的人生，他想了好一會，然後用了當代哲學家 Alasdair MacIntyre 在《德性之後》的說法答我：一個美好的人生，是一生不懈地追求美好人生的人生。這好像答了等於沒答。但 MacIntyre 其實認為，美好的人生並不只是單純的欲望的滿足，更非個人任意的選擇，而是人必須對自己所屬的傳統，對自己的身份角色有深切的瞭解，並藉此知道甚麼是美善的生活，然後努力培養出實現這種生活的德性，令一己生命有始有終，圓滿無憾。

那天，我們聊到凌晨二時方散。那是我最後一次見沈先生。

一所大學，最寶貴的，是她的理念和傳統。沒有理念沒有傳統，大學也便沒了靈魂。崇基的傳統，有着沈先生深深的烙印。沈先生走了以後，我有種整個崇基都寂寞下來的感覺。如果沈先生還在，能和他散散步聊聊天，聽聽他的笑聲，那該多好！

附錄：沈先生給作者的最後一封電郵。

From: "Philip Shen"
To: "Chow Po Chung"
Sent: Thursday, June 03, 2004 5:24 PM
Subject: My latest condition

Dear Po-chung,

Thanks for the quick reply. I am glad to know that your article will be published.

Leo Strauss seems to be the philosopher behind the new-cons "imperialist" ideology. Is it true? I know he has always been critical of liberalism – from a rather reactionary Platonic position (as developed in *The Law* or even part of the *Republic*.) I have been actually reading or rather looking over a Chinese book on Plato's book – looking in it for any discussion on the critical and really universal question whether "might makes right" in Book 1 and could not find it there. If there is any time left for me, I should write an article on that question as central to the whole book.

I said last time that I was unable to respond to you for so long. Perhaps by now you know that the cancer that I had two years ago had returned. Now I am at Stage 4 (a terminal stage). I experienced increasing pain in my left hip joint since Christmas. It was finally proved to be caused by cancer cells. I had radiation therapy which hasstopped the pain. With "duragesic" (a transdermal medicine which works by absorption through the skin) and some pills the pain has come under control.

I have started chemotherapy again this time which we hope may delay the spreading of cancer cells. My red blood cells counts because of chemotherapy are so low that it makes me very tired. I sleep more hours now than I work. I need injection (every two week) to booster haemoglobin production in my bone marrow. This Friday I will have blood transfusion to increase my blood count. Other than that my condition seems to have stabilized – for the time being. I continue to go to the common dining hall and participate in community activities as much as possible. I go around with the help of a light walker (but not a wheel chair!).

A good by-product of this physical downturn is I am having more visitors than ever! Our sons are coming twice in two months to see us. Other former students are coming in the next two months.

Now I want to share with you something I wrote upon knowing the "verdict", i.e., the "distance metastasis" (of cancer cells) in March. It was written on impulse, following the instinctive Christian teaching that we should always count our blessings. (Thus the title.) It calmed me down by introducing some order into my rather chaotic emotional state at the time. It helped me to accept my condition. So now I am embarked on my last life journey, trying to learn my last great lesson in life. (The attached is the latest version, in case you have seen the first version in March.)

I have seldom preached (not being ordained) but a few years ago I gave a sermon here in our Pilgrim Place, on "To the Promised Land". Being autobiographical, it put my Christian life and faith in a broader context. I like it and would like to share it with you too. It complements "Confession of a grateful life" rather well. Both use the symbolism of light in darkness which as you can see has always remains very meaningful for me.

Peace.

Dr Shen

8　或許不是多餘的話
──寫給政政系畢業班同學

各位同學：

　　此刻，夜深，窗外下着冷雨。我在書房靜靜聽着
《廣陵琴韻》，偷得一刻的空閒，翻開梁漱溟先生的
《我生有涯願無盡》。讀不下去。在這樣的雨夜，聽
着這樣幽幽的琴音，心有不捨。因為，明天，你們便
會一一披上畢業袍，正式告別三年的大學生活。這幾
天，一直告訴自己要好好寫點東西，和你們道個別。
只是真的到了眼前，卻又有魯迅在《野草》中所說的
「當我沉默着的時候，我覺得充實；我將開口，同時
感到空虛」那份無可言狀的寂寥。所以，一直不想也
不忍動筆。反正，一切都會過去。只是，在這樣的
寒夜，離情一如那無孔不入的寒風，揮之不去。既
然如此，我便想到甚麼說甚麼，一如平常的和大家
聊聊天吧。

　　那天，在新亞書院畢業禮上，我又一次站在圓
形廣場，和同學一起拍照。恰恰是十年以前，我站在
同一個地方，和我的哲學系老師一起，照我的畢業
相。曾經教過我的眾多老師，陳特、沈宣仁、黃繼持
先生走了，劉述先、何秀煌、盧瑋鑾先生退休了，石
元康先生教完這學期，也將告別杏壇。新亞依然。錢
穆圖書館旁邊的木棉，樂群館門前的桃花，在畢業的

季節，一如十年前般識趣的燦爛盛開。水塔巨大的身軀，仍然不變的守護着新亞。當我和同學站在一起，穿過那耀目的閃光燈，我彷彿看見當年穿着畢業袍的我，看見不變中的巨變。十年人事，老盡少年心。那一刻，我忍不住在想，十年後，我又將如何？中大呢？香港呢？我身邊的學生呢？

我一片茫然！生命，實在有太多的偶然和意外。十年前，我壓根兒沒想過會重回中大，為人師表。而十年後，唯一可以肯定的，是身邊很多我珍惜的人，會有更多離開這個世界，而新亞的木棉花，依然會年復一年的盛開。

十年前，在新亞最後一次的雙周會，我很傷感的唱起心愛的新亞校歌，然後對着其他新亞畢業生大聲的說，「今天，我以身為新亞人而驕傲；他日歸來，我要新亞為我而感到驕傲。」那時，自有一番不知天高地厚的豪情。現今想來，倒也沒有甚麼難為情，只是對於甚麼是一個人值得驕傲的東西，別有一番體會。例如，我會問，今天的新亞和中大，有甚麼值得我為它驕傲？而我又要做些甚麼，才配得上自己的母校為我而驕傲？我是知道答案的。對此，我不曾猶豫過。只是，我也逐漸發現，我的答案，原來和很多人不一樣。我看着以為好的東西，別人不一定如是看。清楚這點，多少有點苦澀。走在眾人之中，總是安全而舒適，而我又一直以為有很多同路人。

然後我又想，十年後，如果再見你們，我又會為你們的一些甚麼而驕傲呢？相處三年，我想你們都知

道，我不會用是否名成利就來衡量你們人生的價值。當然，這些都是好東西，會使人活得安穩安全，令得旁人艷羨，也是很多人畢生追求奮鬥的目標。但我卻又確切知道，在香港這樣一個發達資本主義社會，為了達到這些目標，我們需要付出多大的代價。這些代價，不僅是辛勞，不僅是汗水，還必將有無數的委曲和尊嚴的喪失，必將接受一次又一次妥協，必將在重重競爭中，傷害自己同時傷害別人，甚至被迫出賣良知。我們必將心靈斑駁。這都是代價！當然，對不少人來說，這些代價是值得的，因為這是成功的代價。甚至有人覺得這根本不是代價。對此，我深有懷疑。設想一種「成功」的生活，其中只有無窮盡的競爭和物質欲望的滿足，卻沒有信任沒有關懷沒有公正沒有愛，這是幸福的生活嗎？最少，古希臘哲人蘇格拉底不如是想。他在雅典被公開審判時，告訴陪審團，如果一個人只知道努力追求金錢和名聲，卻不在乎真理和靈魂的完善，那是一種可鄙的生活。

　　我自然明白，每個人都有自己的選擇——無論那是得已或不得已。但我依然想說，如果你們每個人在日後的人生中，能夠活得自由，活得正直善良，有信心行自己的路，懂得享受與自然的關係以及人與人之間真摯的情感，並且對生活對弱者有一份純樸的感受和關懷，那麼，我會由衷地為你們驕傲。艱難之處，卻在於，即使作為一個老師，我也知道很難作出這樣的要求。因為我明白，在香港這樣一個「中環價值」當道的城市，要過這樣的生活，實在艱難。讀政治的

學生都知道，我們無時無刻活在制度之中。我們的人生觀、工作的意義，以至人與人的交往，均受社會制度和主流意識形態影響。而香港，這個我們生於斯長於斯的城市，卻實在令人沮喪。在她眼中，只有競爭只有效率只有弱肉強食人踐踏人和無盡的將人物化，卻甚少我們在課堂上嚮往的公平公義自由平等乃至將人視為目的而非僅為手段。很不幸，我們，必須活在這樣一個城市，必須投入這樣的遊戲。

　　我們的生命和心靈，遂恆常面對折曲掙扎侵蝕。自由自主，如此難求。社會壓力愈大，現實限制愈多，一己抗衡的力量便愈弱。而對生命愈有要求，對生活愈敏感的人，便愈感受其中苦況。底線於是一退再退，原則調整復調整。或許去到某一刻，我們不得不接受，那便是人生唯一的選擇，從而失去僅有的對生活另類的想像能力。我們漸漸相信，生活不得不如此，生活便是如此，生活本該如此。我們遂不自由，遂彼此奴役，遂為自己找到最好的辯護。蘇格拉底說，未經反省的生活，是不值得過的。但如果一個真正反省的人生，必須被迫直面人生種種的醜惡和苦痛，並為此付出巨大代價，我們真的可以承受得起嗎？我們有責任要承受嗎？對生命對社會不斷作出反省批判，真的會令我們活得更加美好嗎？

　　蘇格拉底教導我們說，是的是的，活得正直正當，追求美善，我們才會得到最高的幸福，因為活得好與活得高尚正當，是同一回事。也正因此，人生首要的關注，不是我們的身體和職業，而是靈魂的最

高幸福。要得到這種幸福，我們必須努力實踐各種美德，活得正直公正。蘇格拉底的價值觀，活在資本主義社會的人一定難以理解，因為它的遊戲規則，早已將實踐這種幸福生活的空間和想像，消磨殆盡。在香港這樣的社會，蘇格拉底必然被視為瘋子。但我們又確切知道他不是瘋子。他是古希臘最有智慧的人，是西方哲學之父，並不惜犧牲生命去堅持自己的信念。

儘管如此，有人依然會說，這只是純粹的個人選擇。只要我們不選擇像蘇格拉底那樣看人生，自然可以活得心安理得。而當絕大部分人都選擇活得不正當不高尚並視之為好的時候，一個蘇格拉底式的人，活得好的那份自信又從何而來？而若為此而放棄世間眾多其他的好，又是否值得？

問題實在艱難。畢竟，生活中限制重重，而生命又屬於每一個人。對於如何活，才堪稱幸福，在這樣的世代，誰可以有獨斷的發言權？而卑微的個體面對龐大的制度，反抗又從何談起？我知得愈深，愈不敢要求。也正因此，我實在不想循例說那「前程似錦」的祝福說話，以壯大家行色。人生憂患，也許是從離開大學站才真正開始。中大，也許只是曹雪芹筆下的大觀園。但我至少希望你們知道，至少至少，蘇格拉底用他的生命告訴我們，選擇的可能性總是存在的。活得高尚活得正當，是可以值得追求的。我不知，如果我們連這點信念也失去，還有甚麼值得我們堅持，而生活的意義又可以從何談起。

大學教育，理應是好好培養大家成為獨立的有

德性的自由人，體會人性高貴的一面，積累多些知識和信心，更深地了解活得好活得豐盛的真義，從而在步入社會時不至於那麼容易便被擊倒，並在力所能及的範圍內，對社會種種不義作出批判。很可惜，今天的大學教育，在所謂國際化商品化大潮中，離這個目標愈來愈遠，而古典的人文教育理念，亦早已被人遺忘。所以，當我問自己的母校有何值得自己驕傲的時候，我實在是充滿困惑和失落。

三年前九月開學的第一個星期的第一天，我們一同走進中大。你們是我的第一批學生，我是你們第一個上課的老師。我們能成為師生，其中必有許多不知的因緣。如果沒有記錯，也是在第一課上，我和你們談及蘇格拉底的教導。在其後的日子，我們一起讀書一起生活，看着你們一步步成長。我記得你們每個人的名字，甚至清楚你們每個人的性情。我相信，三年的政政系生活，會是你們人生最美好的回憶；而他日捧起《政治哲學對話錄》，相信大家仍會記得，我們曾經如此一起忘我地思考哲學。只是，把回想留給未來吧！你們如此青春年少，對未來的生活必定充滿這樣那樣的美好想像，也必定有萬分開拓前路的勇氣和豪情。珍重！

2005年3月3日清晨五點：中大崇基

9 政治、學術與人生

各位同學：

　　眨眼間，這學期的課便完結了。我常覺得，每修完一門課，大家最好能對自己所讀所學作一些回顧。這學期，我們累積了豐富的討論，真是十分難得。今天，我想和大家略談一下我對政治、學術與人生的感受，算是總結吧。

　　德國著名社會學家韋伯 (Max Weber) 在一篇著名的演講〈學術作為一種志業〉中，這樣談到一個大學教師應有的責任：

> 確實，以適當方式呈現學術問題，而使一個未曾學而能學的心靈，對這些問題有所了解，並且——這在我們看來是唯一重要的——對這些問題作獨立的思考，或許是教育使命裏最艱鉅的工作。*

　　我認同這種想法。大學教育的目的，正是培養學生獨立思考的能力，從而在學術和生活上，能夠對種種問題作出明智合理的判斷，活出自我，並為自己的選擇承擔責任。這是我常說的自由人的意思，也是穆勒在《論自由》一書中強調人要有「個性」

---

*　韋伯，《學術與政治》，錢永祥編譯（台北：遠流出版，1991），頁137。

韋伯在1917年

(individuality) 的意思。如果這門課能令大家在涉獵不同理論後，慢慢形成一個思考哲學問題的知識框架，學會分辨不同觀點的好壞對錯，並有自己的見解，那便很好。

在學術和生活上，真要做到特立獨行，並不容易。我們在社會生活，總有一個主流。如果我們順流而行，一定最安全，因為身邊有很多人和你走同樣的路，你也會較易得到肯定和認同。無論在那個時代，要做少數，要行小路，要堅持一些非主流的價值，都需要很大的勇氣和自信。自信從哪裏來呢？從讀書中來。* 讀書可以給我們力量。這有兩層意思。一、書讀多了，眼界闊了，便會找到許多同道中人，不會孤立無援。說異端，有多少人及得上蘇格拉底、耶穌、馬克思、達爾文、弗洛伊德？但我們都知道，一部人

---

* 　當然，不是說這是唯一的方法。這裏所說的讀書，也不是為了應付考試而讀那種。

類文明史，沒有了他們，一定要重新改寫。我們受環境所限，常常以為生活非這樣不可，非那樣不行，一切小心翼翼，循規蹈矩。事實並非如此。多讀點歷史，我們便知道生活有很多可能性，有很多精彩的人活出精彩的人生。二、書讀多了，我們也會慢慢增強自己的綜合分析能力，懂得在眾多觀點中，分辨出孰優孰劣，並有自信擇善而固執。就此而言，在追求學問時，大家要學會建立一個知性的框架 (intellectual framework)，整合不同知識。沒有這樣的系統，我們眼前所見，只會是一堆雜亂無章之物，根本理不出頭緒，更無法知曉事物的意義。思考一定要有框架，而框架的搭建，有賴理論。不少同學有理論恐懼症，但古今中外的偉大思想，說白了，都是一套套理論。沒有理論，我們無從理解世界和自我。

如果以上所說稍有道理，大家當會見到，學術和人生，並非二分。學術追求的終極目的，必然和一己人生的安頓有所關聯。如果我們說，幸福生活的必要條件，是對自我和社會有基本認識，並在此基礎上作出自主選擇，然後有足夠自信去實踐自己的理想，那麼大學教育的一個重要目的，便是提供足夠的空間，培養學生追求和實現美好人生的能力。

我們也知道，個人幸福的追求，和社會制度分不開。各位修讀政治，大抵會同意，政治研究應有一終極關懷，即希望世界變得更好，制度變得更合理，人們能更有尊嚴地活着。政治的本質，不是權力爭鬥，不是利益交換，而是關心人類如何能夠好好地活在一

起。打從柏拉圖、亞里士多德、孔子、孟子起，東西方哲人皆強調，政治生活和倫理生活密不可分。由此可見，讀政治的人，特別需要一份深厚真切的人文關懷。

但我明白，在香港這樣的社會，談人文關懷很難。畢竟資本主義的核心理念，是視社會為不同的自利主義者在其中競逐個人利益的場所。個體與個體之間，固然難以建立非契約式的倫理關係，個人亦難言對社會，乃至對人類有任何不可卸卻的道德責任。這種對社會和自我的理解，過度貶抑了人的道德情感，也過度扭曲了人與人之間的倫理關係。結果是在我們的公共討論中，幾乎只有權術之辯，卻甚少理念之爭，因為政治理念必須由價值和理想來支撐——我們的城市卻欠缺這樣的辭彙和土壤。即使間或有人以香港核心價值來作政治動員，也總教人有蒼白無力之感。不是這些價值 (民主、法治、公義等) 不重要，而是我們常常不能將這些價值的豐厚內涵，好好論述出來，得到公民認同，並實踐於生活。對於公民應該具備甚麼德性，理想的政治生活應該為何，我們更有無從談起之感。

在這樣的處境中，從事政治哲學教育，實在吃力。不要說外面，即使在中大，也甚少學生對嚴肅認真的倫理和政治問題，有太多知性探索的熱情。這可以理解。這些問題，已遠遠超出一般香港學生的視野，而我們的大學，我們的城市，也不重視這些問題。但諸位作為政治系的學生，沒理由如此一般見識，沒理由不對自己有高一點的期望。當代著名政治

相遇

哲學家羅爾斯在僅有的一次訪談中，被問及為何以哲學為志業時，他這樣回答：

> 在每一個文明中，應該有一些人去思考這些問題。這並不僅僅在於，這些知性探求本身有其自足價值，而在於一個社會，如果沒有人認真思考形而上學和知識論，道德和政治哲學的問題，那它實在不足稱為一個社會。意識到這些問題，及其可能的解決方案，正是文明社會的部分表徵。*

認真思考這些問題，努力拓闊我們的政治想像力，豐富我們的公共討論，從而力求我們的城市變得更好，是修讀政治的學生，應有的自我期許吧。共勉！

2008年5月4日

---

* Rawls, "For the Record" in *Philosophers in Conversation* ed. S. Phineas Upham (New York & London: Routledge, 2002), p.13.

10 政治學的關懷

各位同學：

您們好！歡迎你們加入中大政治與行政學系。負責迎新營的同學，希望我為新生寫點東西，我便談談我對政治研究的理解吧。我認為，政治研究作為一門學問，如果有所謂終極關懷，那應是努力探索人類應該如何好好地活在一起。

讓我略作解釋。首先，政治關乎「我們」。只有活在一起，組成或大或小的群體，才會有政治問題的出現。人希望共同生活，因為這樣對彼此皆有好處。透過分工合作，人們可以守望相助，增加生產，創造文化文明。但活在一起，卻難免出現衝突。原因主要有三。一、社會資源有限，不可能滿足所有人的欲望，但每個人卻總希望分得多一些。二、每個人有不同的人生觀宗教觀，在很多價值和信仰問題上，往往有根本的分歧；三、人一方面有良知和道德感，同時也有自利之心，兩者常有難以化解的張力。

為着協調彼此的合作，我們需要制度。沒有制度，人們將無法可依，亂成一團，活在戰爭狀態之中。制度告訴我們甚麼可以做，甚麼不可以做，享有甚麼權利，負有甚麼責任，應得多少財產，獲得多少機會。這些都會深深影響每一個人。所有制度都是人為的，而且有強制性，背後有法律和武力支持，要求

我們服從。制度有好有壞，在人類歷史中，便曾出現過君主制、貴族制、極權主義、立憲民主等不同制度。

因此我們必須問，甚麼樣的制度，才足稱公正合理；甚麼樣的權力運用，才有正當性；甚麼樣的社會合作，才值得我們支持。這一問，彰顯出人和動物的根本差異，即人有能力對政治世界作出理性反省和價值判斷，並根據某種道德理想建立一個正義社會，並使得公民在其中進行公平的社會合作。可以說，這是政治研究的價值關懷所在。我們了解人的政治行為，比較不同政體制度，探索公共行政各種模式，研讀古今政治思想，絕不只是為了滿足單純的知性興趣，而是希望透過嚴謹的學術研究，幫助我們對人類政治生活有更深更好的認識，從而改革社會，完善制度，令我們能更有尊嚴地活在一起。

古希臘哲人亞里士多德說，在所有學科中，政治研究是最高的學科。因為活在城邦中的公民，要實現真正的幸福，便須實現人的本性。而要實現人的本性，公民則要培養各種德性，並積極參與政治生活。我們今天或許不再接受亞里士多德的觀點，但政治對我們每個人生命的影響，卻顯而易見。因此，反思我們的政治實踐，探究政治制度的可能性，檢視人類的價值規範，是任何一個有活力的政治社群必不可少的工作。而對政治系學生來說，更有點責無旁貸了。

政治學，在香港不是熱門學科。我相信各位選擇這個學系，必定對政治有所期待，對自己有所要求。

古希臘哲人亞里士多德說，在所有學科中，政治研究是最高的學科。

所以，今天各位站在大學的門檻，有必要問以下的問題：大學是甚麼？我想過怎樣的大學生活？政治是甚麼？我為何要讀政治？政治和我的人生有何關係？我希望各位，能夠帶着這些問題，開始你的大學生活。

2007年7月31日

11 做個自由人
——《政治哲學對話錄》序

過去兩年，我和中大政政系的學生，透過電子郵件之便，持續在網上進行了一系列政治哲學對話。累月下來，有數十萬言。我們將其整理編輯，成此書，名為《政治哲學對話錄》。

讓我先交代一下對話的緣起。我在政政系主要負責任教政治哲學的科目。我有一習慣，每教一新班，便開設一個電郵討論組，供學生和我在這平台上交流。交流是開放自由的。學生可以就課堂或導修課中遇到的任何疑難，提出問題或一抒己見，也可就他人的觀點作出回應或批評。但討論的題材，遠不止此。它還包括時事政治、文學電影、文化藝術、大學教育、人生和宗教哲學，以至生活中遇到的種種問題。作為老師，我一方面積極回應學生的問題，介入他們的討論，另一方面亦會不時將一些值得讀的文章，傳給學生閱讀，藉此引發更多的思考。這些文章，亦不限於政治哲學，還有報章的社論和評論，國內國外雜誌上的書評和論文，也有我寫的文章和隨筆。這樣的對話，並不屬於學生成績評核的一部分。我不刻意指定學生一定要談甚麼，也不介意他們持和我相異的觀點。

這樣的一個討論空間，或許庶幾達到了德國當代

哲學家 Habermas 所說的「理想言說」的狀態。每個參與者都是自由平等的，可以提出任何觀點；每個參與者都認真思考，在耐心聆聽別人的同時，也努力為自己的立場辯護；參與討論的目的，不是為了甚麼眼前利益，而是享受一起探究學問的樂趣，並相信透過理性討論，能對各種問題有更深入的認識。大家在討論中一起成長！這樣的對話，既補足了我的教學，也開闢了一個新的園地。

相遇

　　這本書所收錄的，主要是我和二〇〇四年春季修讀「政治哲學」(GPA3070) 的二年級同學的對話。全書分為四卷。卷一環繞課程中所教的各種理論，例如效益主義、羅爾斯的自由平等主義、諾齊克 (Robert Nozick) 的放任自由主義等。由於參與者上過我的課，並讀過相關理論，因此討論往往在一特定語境下進行。為令其他讀者能夠明白討論的脈絡，每部分的開首，會有一篇由同學寫的導言。至於卷一的第八部分「政治哲學與我」，則收錄了好些同學讀完「政治哲學」的心得與感受。

　　卷二的「甚麼是政治哲學」，是對於政哲的後設思考，主要探討政治哲學的性質、作用及其限制。這部分提出的問題，每年困擾不少政政新生。不少初入政政的同學，總覺得政治應是一門很實用很實在的學科。而政治哲學關心的，卻是一些又難又抽象又不切實際的東西，因此很不理解為甚麼要讀這樣的科目。如果有讀者也惑於這些問題，或可跳過卷一，直接閱讀這卷。

卷三的「人生哲學」，是整本書內容最為豐富的一卷，討論了人生的意義，宗教和科學的關係，基督教信仰的基礎，人性以至大學教育的目的等。其實在電郵對話中，相當多是同學對這些問題的反省和交流，只是礙於篇幅，只能收錄其中的一部分。

卷四的「論文選輯」，收錄了五位同學的論文。這幾篇論文，其實從不同角度回應了卷一中提出的許多問題。對這些問題有興趣的讀者，可考慮將卷一和卷四放在一起讀。這裏順便一提，在批改完學生的期中論文後，我曾經舉辦了一個小型的半天研討會，選了五位同學的論文作報告，然後再由其他十位同學評論。那天是公眾假期，但大部分同學都出席了研討會。最難忘的，是當天黃昏五點課室關門後，全班同學移師到新亞圓形廣場，繼續作報告和討論。或許，那是圓形廣場歷史上，唯一的一次政治哲學討論會。

放在各位眼前的，便是這樣的一本記錄了我們師生的對話錄。無待贅言，它不是一本甚麼高質素的學術著作，裏面的觀點，也談不上獨到成熟，畢竟這本書的大部分內容，是我們在無數深夜，在網上即時對話和討論的結果。《學記》說：「學，然後知不足；教，然後知困。知不足，然後能自反也；知困，然後能自強也。故曰：教學相長也。」這一年，我對此實在體會殊深。

為了維持這個對話平台，為了將這些對話整理出來，我着實花了不少時間精力。此刻下筆，掠過同學的面容身影，想起那深宵對談共鳴的快意，還有過去

三年日夕相處的點點滴滴，心情竟複雜得難以形容。

　　像我這樣一個年青教師，在現在的學術體制下，花那麼多心力做這樣的事情，可說相當不智。我不是不知。在過去兩年，我恆常面對這樣的掙扎。這些掙扎，具體而微。每天在拚命的和時間及睡眠賽跑，在種種不能逃避的責任之間徘徊取捨，實在教人疲憊氣餒。也曾不止一次想過停下來。有掙扎，而又選擇繼續，多少是基於一些信念。以下，我約略談談我的想法。當然，這並不是說我一早便有這樣一套信念。很多體會，是邊教邊反思的結果。自然，這也不是甚麼定見。

　　教育的本質，其實是要將人由一種狀態，帶到另一種狀態，另一種更理想更完美的狀態。柏拉圖在《理想國》第七卷中那個有名的洞穴的比喻，便是說教育的目的，是要將人從虛幻的洞穴中帶出來，見到那象徵善的理念的太陽。* 而康德所說的啟蒙，也是要人勇敢地運用理性，將自己從不成熟的狀態中解放出來。**

　　因此，大學教育的首要問題，必然是：大學想培養甚麼樣的人？我們希望學生讀完三年後，成為怎樣的人？

---

*　　Plato, *The Republic*, trans. Tom Griffith (Cambridge: Cambridge University Press, 2000).

**　原文是：“Enlightenment is man's emergence from his self-incurred immaturity. Immaturity is the inability to use one's own understanding without the guidance of another.” Kant, “An Answer to the Question: 'What is Enlightenment'”, in *Political Writings*, ed. Hans Reiss, trans. H. B. Nisbet (Cambridge: Cambridge University Press, 1991) , p.54.

對於這個問題，不同人有不同答案。但最主流的說法，是說培養出來的人，必須能夠為社會所用。「教育是一種投資」這種說法，骨子裏是說，既然政府給了錢，便一定要有回報。甚麼回報？經濟回報。怎樣才可以有最大的回報？自然是培養出能夠充份為香港這個高度發達的資本主義社會作出最大貢獻的人。

　　甚麼是資本主義的特質？還是馬克思的說法最為經典：「它使人和人之間除了赤裸裸的利害關係，除了冷酷無情的『現金交易』，就再也沒有任何別的聯繫了」；「它把人的尊嚴變成了交換價值」。* 又或者用龍應台最近的說法，它是我們津津樂道的代表香港核心價值的中環價值：「在資本主義的運作邏輯裏追求個人財富、講究商業競爭，以『經濟』、『致富』、『效率』、『發展』、『全球化』作為社會進步的指標。」**

　　資本主義社會要的是這樣一種人：在市場中競爭力強；將所有人視為滿足自己欲望的手段；懂得無限制地鼓勵自己及他人消費；將人生中大部分價值，還原化約為經濟價值；人的尊嚴和社會認同，建基於一個人的財富；視自己和他人為完全理性自利者；將市場和競爭合理化為自然而然的秩序；視物競天擇、適者生存為自然律。

　　我們的商界，我們的政府，希望大學培養這樣的

---

*　馬克思，〈共產黨宣言〉，《馬克思恩格斯選集》第一卷 (北京：人民出版社，1972)，頁253。

**　龍應台，〈香港，你往哪那裏去？〉，《明報》2004年11月10日。

大學生，同時也希望我們的大學生，如此看人看自己看世界。因此，目前香港判斷一個大學畢業生是否合格的主要標準，是看僱主滿不滿意收不收「貨」，也就不足為奇。

這是當下香港教育赤裸裸的現實。無論我們是否喜歡，認清這一點是必要的，儘管有那麼多教育工作者在努力抗衡。它反映在香港教育的每一方面，政府商界大學行政人員教師以至學生，很多都接受了這種觀點。因此，大至大學撥款，中至課程設計，小至學生選科，往往也以這個為標準。或者準確點說，即使大家心有不滿，也不得不如此。當然，大家都不太願意直率地承認這一點。因此，便有其他種種名目被創造出來，或曰自我增值、與時並進，或曰全球化國際化，創建世界一流大學等等。但說到底，這種看人看教育的方式，沒變——即使變，也是變本加厲。

承認這一點，我們便看到，香港很多大學的校訓所揭櫫的教育理想，是那麼的與時代脫節：博文約禮、明德格物、止於至善、誠明、修德講學等等，說的都是傳統儒家的理想，要培養學生成為知書識禮的儒家式君子，成為有德性有承擔的知識人。而君子，是沒有市場價值，在中環不能生存，且遭人嘲笑的。香港的核心價值，和傳統大學的理念，根本不能相容。*

我不認同這種主流的教育理念。理由很多，但說

---

* 這不表示我毫無保留地贊成儒家的教育理想，這從下面的討論中將可見到。我只是指出，資本主義看人看教育的方式，和儒家基本上是兩套不能相容的典範 (paradigm)。而不少人在全面擁護前者的同時，又大談如何宏揚全人教育，我認為很難成立。

來也簡單：資本主義這樣看人，是將人貶低了，矮化了，扭曲了，是將人囚於重重的精神桎梏之中。它不僅沒有提升人，反而將人向下拉。它不僅沒有教人成為君子，反而鼓勵人將人最自私最競爭性的一面表現出來。它沒有教人要與人及自然和諧相處，反而要人將自己和他人及自然對立起來，使得人與人、人與自然，甚至人與自己，變得愈來愈疏離。透過教育傳媒廣告和各種制度，由我們出生始便不斷告訴我們：人本來如此，理應如此，不得不如此。

我們遂看不到其他可能性，遂失去想像的能力。

沒有人會說經濟生活不重要，沒有人會否認資本主義促進了生產力發展，大大提高了人類的物質生活。但人不能僅僅是經濟人。人還有其他身份，還有其他價值追求。而這些身份和價值，不能也不應簡單化約為經濟價值。而一旦這樣做，很多活動原有的價值，會被扭曲，甚至慢慢消失。我們欣賞藝術，因為藝術中有美；我們享受友誼，因為友誼中有信任和扶持；我們皈依宗教，因為宗教讓我們的生命得到安頓；我們探索自然，因為我們有求真的欲望；我們讀歷史，因為我們希望鑑古知今；我們追求正義，因為我們想合理地活在一起。同樣道理，我們接受教育，是希望追求知識，陶冶性靈，培養德性，學會好好活着，活得更好。*

---

*　但我們不必持一種本質論(essentialist) 的觀點，認為所有活動均自有永有的存在一種普遍性的目的。我不否認，不同社會不同時代，對於各種領域的活動的意義，可以有不同的詮釋。即使在同一社會或傳統，也可以有很多爭議。我想這是正常的。

我們的生活有不同領域，不同領域體現不同價值。一個真正多元的社會，不僅在於有多少東西供我們選擇，還在於不同領域不同性質的價值，能否各安其位，並受到好好尊重。帕斯卡爾 (Pascal) 對此有極為傳神的分析：

> 暴政的本質，就在於渴求普遍的，超出自己領域的統治。強者、俊美者、智者和虔敬者，各在自己的領域領風騷，而不是在別的地方。有時他們相遇，強者和俊美者爭着要統治對方，這其實很愚蠢，因為他們主宰的其實是不同的領域。他們彼此誤解，謬誤之處，便在於人人都想統治四方。*

　　一個以中環價值為主導的社會，危險之處，正在於商業社會運作的邏輯，極其強勢地入侵和摧毀其他領域的自主性，一切活動最後只剩下工具性價值——以能否促進資本主義社會發展為衡量。藝術也好文化也好，體育也好科學也好，通識也好專才也好，都要看它的經濟效益和市場價值。所謂教育商品化的問題，說到底是因為我們仍然相信教育不應只是一種商品，不應只是一種人力資源的投資，而應有其他更深

我這裏要強調的，是一個眾多領域同時存在的多元社會的重要性。對於這個問題，最值得參考的是Michael Walzer, *Spheres of Justice*（《正義的諸領域》）(Oxford: Blackwell, 1983)。

* 　Blaise Pascal, *The Pensees*, trans. J.M.Cohen (Hammondsworth, 1961), p. 96. 中文版可見《帕斯卡爾思想錄》，何兆武譯(西安：陝西師範大學出版社，2002)，頁162。

層更值得重視的價值，而這些價值是商品的邏輯無法理解和容納的。

如果我們的大學教育，不能令學生對這些最切身最重要的問題，作出那怕些微的反省批判，反而在大學一年級開始，便要學生接受種種職業輔導，強將他們多快好省地訓練成徹底的經濟人，不是很失敗嗎？不是值得我們從事教育的人，認真反省嗎？所以，回到我最初的問題：大學到底想培養怎樣的人？

我的答案，是培養自由人。

我所說的自由，這裏不是指人能不受任何外在限制，可以為所欲為之意。它更接近陳寅恪先生所說的「獨立之精神，自由之思想」的人，更接近穆勒 (J. S. Mill) 在《論自由》中所說的有個性的人，也更接近康德筆下那些勇於運用理性，對公共事務作出批評的啟蒙人。說到底，更接近蘇格拉底那種終其一生，不斷對人該如何活着，該如何活在一起這些根本問題作出反省批判的人。我相信，人的高貴，繫於人有這種自我的價值批判意識。我也相信，這種意識愈得到發展，人愈自由。而人愈自由，才愈能知道自己想過甚麼生活，愈能感受到生命的天空海闊，愈能對既有制度作出反思，一個社會才愈多元豐富和健康。大學教育大可以有其他的目的和功能，但在我們的時代，我們實在應該視如何培養出具備獨立人格和價值批判意識的自由人，作為大學發展的一個重要方向。

基於這種信念，我遂希望在教學中，盡可能提供多一些空間和資源，讓學生發揚他們的批判意識，發

掘他們的興趣，發展他們的個性。透過研讀經典，透過思考論辯，透過交流對話，我希望學生看到生活多一些的可能性，有信心對自己有多一點的要求，並能培養多一點力量去抗衡那潮水般湧來的壓力。我希望他們知道，政哲問的問題，是無從逃避的。因為人只要有價值意識，必然會被價值問題所困擾，必然會問人該如何活，社會該往何處去。這是人的生存狀態。

我下決心編這本《對話錄》，最大的動力，是希望留給學生一點記憶，讓他們在日後長長的人生路中，記起曾有這樣一段活得自由爽朗的日子。

我從來沒奢望過改變制度，但我也甚少過度的悲觀。可是最近我卻陷入一種深深的自我懷疑之中。那多少和魯迅在《吶喊》序言中的一個故事有關。

> 假如一間鐵屋子，是絕無窗戶而萬難破毀的，裏面有許多熟睡的人們，不久都要悶死了，然而是從昏睡入死滅，並不感到就死的悲哀。現在你大嚷起來，驚起了較為清醒的幾個人，使這不幸的少數者來受無可挽救的臨終的苦楚，你倒以為對得起他們麼？*

我的懷疑是這樣。當我說資本主義這樣不好那樣不濟的時候，當我教導學生要這樣批判那樣反省的時候，他們三年後，還是要離開中大這個「大觀園」，

---

* 　魯迅，〈吶喊自序〉，《魯迅全集》，第一卷 (北京：人民文
　　學出版社，1981)，頁419。

出去接受中環價值的洗禮。既然如此，我教得愈多，豈不愈令學生對制度愈不滿，愈感到不自由不自主而又無可奈何，愈不懂得在資本主義遊戲中成功和出人頭地？我鼓勵學生要努力走出柏拉圖筆下的洞穴，發見光明，但如果他們最終還是要回到洞穴，我這樣做豈非害了他們？魯迅是如此安慰或説服自己的：

> 「然而幾個人既然起來，你不能説決沒有毀壞這鐵屋的希望。」是的，我雖然自有我的確信，然而説到希望，卻是不能抹煞的，因為希望是在於將來，決不能以我之必無的證明，來折服了他之所謂可有。*

魯迅是對的，但我實在沒有他的樂觀。

我為此困擾良久。在前不久有那麼的一夜，在新亞圖書館麗典室開完「犁典」讀書組後，我和本書另一位編者盧浩文在圓形廣場聊天。浩文是我三年級的一位學生。我抽着煙，告訴他我的不安。浩文想也沒想，有點激動的説：「怎麼可以這樣？我很享受這三年的讀書生活，它改變了我。即使出去工作會有痛苦有妥協，我最少知道生活還有其他可能性，最少懂得對生活作出反省。」

道理顯淺。但由浩文口中道來，我遂感到踏實。遂釋然。是為序。

2004年11月21日

---

* 同上註。

12 論辯和論政

各位同學：

今晚是兩大政辯的大日子。我一直想來，因為希望為你們打打氣。但由於承諾了和我的老師吃飯，結果來不了。待吃完飯，趕到「跑跑堂」，見到門外人頭湧湧，才知賽事已完結。第一個見到的，是系主任關信基教授。我說，聽說我們輸了。關教授溫和地笑着說，「那有甚麼相干」，然後便一個人靜靜走了。進入大堂，見到你們，見到一張張疲憊失落的面容，我有點不知說甚麼好。此刻，不知何故，我卻又有一點感受，遂提筆和大家談談。

三年前，我剛回中大政政系教書。不知就裏的，系會找了我擔任「兩大政辯」的評判。那年的賽事在香港大學舉行。當年的辯題是甚麼我都忘了，只記得我很緊張，因為是平生第一次擔任評判。我更擔心的，是我會不會因為我的身份，不自覺地作出不太持平的判斷。結果，我還是給了中大較高的分數，你們也以較大比數勝了港大。比賽完後，我坐關教授的車回中大。關教授當年的神情，和今晚一模一樣，絲毫不以中大勝了而顯得特別高興。我想他關心的，是這個維持了那麼久的活動本身的價值，而不是誰勝誰負。

我那天晚上，也按慣例，被邀上台說幾句賽後

評語。我腦裏一片空白，不知說甚麼好，結果匆忙中對着數百人說了一些不太合事宜的話。大意是這樣：在古希臘社會，有一些人，叫 sophists。我們知道，sophia 解智慧，sophist 的原義即是有智慧的人。但到了公元前五世紀的後半葉，sophist 的意思，慢慢有了轉變，它專指那些擅於辯論和修辭術 (rhetoric) 的人。當時的雅典，行直接民主制，好辯之風甚盛。這些 sophists 專門教人如何雄辯，並收取很高的費用。Sophists 既不關心真理，也不關心論證是否對確，只在乎如何透過各種辯論技巧，打動聽眾情緒，甚至說非成是，將對手擊敗。

蘇格拉底、柏拉圖、亞里士多德都不喜歡這些人，因為他們認為一個真正的愛智者，應該追求真理，服膺真理，而不是只懂得運用修辭術去擊敗別人。正因為此，蘇格拉底常常被視為西洋哲學史上第一個真正的哲學家。

那天，我說，同學們啊，我們應該緊記蘇格拉底的教誨，要視辯論的目的為追求真理，追求正義，而不是為了追求勝利。我們不要做 sophist。

我後來想，那一番話，對不少人來說，不僅不合事宜，甚至有點荒謬了。真的還有人相信真理愈辯愈明嗎？世間還有真理嗎？畢竟所有辯論題目，都和價值有關，而價值本身是否具客觀性，在這個韋伯所稱的諸神解魅的年代，早已殊為可疑，甚至分崩離析了。

但如果辯論的目的，不是為了真理，不是為了幫助我們尋找更合理的答案，是為了甚麼？僅僅是為了

勝利和榮譽？榮譽當然重要，因為那代表別人的認同和肯定，而我們每個人都渴望得到別人的認同。但我想大家也會同意，榮譽不應是辯論的唯一目的。如果一場比賽，正反雙方不能幫助我們對辯題有更深入的理解，對相關問題有更全面的認識，從而引導我們作出明智正確的判斷，那麼辯論本身，似乎便不那麼有意義了。

　　我認為辯論的價值，遠遠超於勝負本身。今天的辯論比賽，有兩個很重要的性質。一，它的辯題關乎公共事務。它要辯的，是值得每個公民關心的重要議題，而不是可有可無的瑣碎私事。二，它是公開的。它不是一小撮人關在門中的自家遊戲，而是在公共領域進行，並歡迎其他人參與。而論辯雙方所訴諸的，則是公共理由 (public reason)，即一些我們可以理解，並相信別人也能夠理解，甚至能夠合理地接受的理由。這些理由，存在於公共政治文化中。雖然不同人對於這些理由有不同詮釋，但它們足以構成公共論辯的一個很好的出發點。換言之，辯論是一種將公共議題放在公共領域，並以公共理由來反覆辯駁的活動，目的是希望透過溝通對話，縮減分歧，繼而尋求解決政治生活中各種衝突的合理方案。

　　辯論的這種性質，其實反映了某種對政治的看法：公共議題，是可以透過理性討論來尋求合理共識的──只要活在政治共同體中的人，具備一定的公民德性 (civic virtue)，視參與公共事務本身為重要的價值，並願意從公共文化中的一些共享價值出發，為自

己的立場辯護。就此而言，政治，可以不只是黨派之間赤裸裸的權力爭奪，而有其理想和崇高的一面。當然，能否實現這種理想，端視乎共同體的公民，能否培養出這種公民意識，以及能否從這種視野去理解政治的價值。

因此，辯論的意義，在於它提供了一種香港社會目前最需要的政治教育。它教導我們成為具民主意識的公民。你們正在讀我的GPA1095 (Issues of Political Philosophy)，當知道民主的有效實踐，需要公民具備良好的素質，並對政治議題有基本的關懷和認識，更需要公民能超越狹隘的黨派和階級利益，以一種公心去參與公共事務。或許只有這樣，我們才能好好回應柏拉圖在《理想國》中對雅典民主的批評，即民主政治並不必然導致他所說的暴民政治或民粹政治。

兩大政辯，依我之見，其實體現了這種精神 (又或者說，它應該體現這種精神)。狹義來說，正反雙方的確在進行一場零和的競爭遊戲；但廣義來說，競爭雙方其實在彼此合作，並致力追求一個共同目標：將要辯論的公共議題，以嚴謹理性的方式，鋪陳出各種相關理由，從而幫助公眾作出明智合理的決定。它的真正價值，並不在於那一方勝了，更在於雙方的參與，豐富了我們的政治生活，增加了我們對各種政治可能性的想像力。所以，參與辯論的人，一方面要積極投入，努力為自己的立場辯護，力求取勝；另一方面，卻又要能超越勝負，並看到辯論本身對公共生活的貢獻。

因此，我們千萬不要忘記，一場辯論賽，除了參賽雙方，除了評判，還有那數以百計的觀眾。她們不是被動地坐在台下欣賞一場出色的比賽而已。她們也是參與者。你們辯論的時候，她們也在思考，甚至在一種更公正更無得失心的狀態下思考。她們和你們一道，共同感受論辯所呈現的價值，以及諸種價值之間無可避免的衝突。我認為，辯論之所以美好，在於它體現了這樣一種理想的公共生活的方式──一種在現實政治世界難以實現，卻值得我們追求的方式。

相
遇

　　讀政治的人，應該對人和對政治，有這份最基本的信心。

　　所以，我心底裏常常期盼，不知會不會有那麼一天，兩大政辯不再只有幾個專家做評判，而是所有出席者都可以投票；不再只是辯論隊的同學可以發問，而是所有聽眾都可以發言；比賽完結後，除了相擁而歡相擁而泣，大家更可以走去和那許許多多穿着校服的中學生傾談，分享你們的心得和感受。相比這些，一己的勝敗，不是十分平常嗎？如果能從這種角度去看比賽，大家日夜的辛勞，不是來得更有意義嗎？

　　三年前的今天，我站在台上說 sophist 的故事的時候，我沒有想到這些。今晚再次聽到關教授那一句「那有甚麼相干」的時候，卻促使我將我的想法寫下來。那天也有一件小事可記。一起去港大的時候，我在車上問了關教授一個問題：為甚麼亞當、夏娃偷吃禁果，從而能知善惡明是非是原罪呢？人能知善惡，難道不是好事嗎？關教授被我的問題困擾而過於入

神，結果在駕車過城門隧道的時候，直行而過而忘了繳費。

　　三年前的心境，我依稀記得。再過幾個月，關教授便會從中大政政系退休，籌組公民黨，正式踏入香港的政治舞台。兩大政辯，當然會一年一年繼續辦下去。勝勝負負之間，日子如水流過。留下的，是那許多可堪懷念的人情，和一些值得我們執著的信念。

2005年11月25日

13 政政人何所重

各位校友：

您們好！我很高興有這樣的機會，和不同年代的校友聊聊天。我一九九五年於中大哲學系畢業，其後負笈英倫，去年才回政政系擔任導師一職，主要負責教授政治哲學，算是系內目前最年輕的教師。

坐在案前，回顧過去一年工作，實在感受良多。初為人師，雖然壓力重重，但我十分喜歡目前的工作。我常聽人說，現在的大學生水平江河日下，一年不如一年。但就我所見，實情並非如此。政政系同學普遍給我的印象，仍是十分純樸好學。不少更對學術充滿熱誠，上課時踴躍發問，導修時勤於討論，課後亦經常找老師討論問題。就以今天為例。我下午在圖書館，有位同學見了我，立刻拉着我到烽火台，討論了個多小時國際正義的問題。接着在范克廉樓的咖啡閣，碰到另一位同學，大家又就寬容 (toleration) 的道德基礎及其適用範圍，辯論了很久。

今年年初，我開了一個美國當代政治哲學家羅爾斯的名著 *A Theory of Justice* 的讀書組。讀書組在晚上舉行，純屬自願性質，沒有學分。在最初幾次聚會，每次都有二十多位同學參與。大家擠在會議室，逐行逐句慢啃細讀。而在我設立的電郵討論組，很多同學更暢所欲言，談哲學談政治談文學，分享他們的人生困

惑和抒發對現實的不滿。

政政同學也積極參與學生活動。政政同學一向熱衷辯論，每年辯論隊都有十多位同學全情投入，兩大政辯亦已踏入第二十八屆。每逢比賽當日，老師校友同學聚首一堂，齊齊為出賽同學打氣，這種氣氛更是難得。系會是學生活動另一個重心。最令我印象深刻的，是現屆系會主動籌劃了一個 sTAR Internship/Mentorship Project，努力為政政同學謀求暑假實習的機會，並為他們在社會上尋找適合的良師益友，拓闊他們的視野和人生經驗。今年亦有六位同學參加了中大學生會及學生報的工作。這樣的比例，是全校最高的。最後不得不提的，是政政系還成立了自己的足球隊，積極參與中大的超級聯賽。(我也買了一件球衣，可惜太忙，很少有機會下場一過波癮。校友大可組隊，回來挑戰我們的系隊。)

坦白說，我喜歡這樣的學生。他們質樸率直，好學活潑。他們的學習能力或各有參差，起步點或各有不同，但我始終覺得，如果他們享受學習的過程，享受他們的校園生活，便已很好。說真的，每天和他們朝夕相處，看着他們一天天進步，一天天成長，沒有甚麼比這更令人愉快。我最希望的，是大學盡快恢復四年制，容許學生有多些時間和空間，在一個更自由的環境讀書生活。

一年下來，我也體會到，政政系有這樣良好的傳統，絕非偶然，更非一蹴而就。沒有政政系老師多年來的言傳身教，沒有課程及制度上的恰當安排，沒有

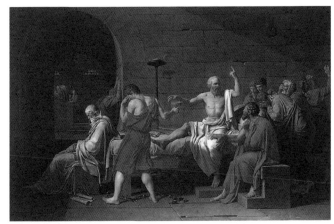

蘇格拉底最基本的信念：「未經反省的人生，並不值得過。」The Death
of Socrates, by Jacques-Louis David (1787).

一個自由寬鬆的學術環境，傳統一定難以維持。例如
在有關二十三條的立法爭論中，系內不少老師積極參
與其中，力盡學者和知識份子的責任，很多同學也一
起參與了七月一日的大遊行。我們仍然堅持小班導修
課，因為我們相信這樣對培養學生的學術能力，至為
有利。而由今年開始，系務會均有本科生和研究生的
代表，並享有投票權。而在每年的預科生輔導日，同
事總是語重心長告訴學生，讀大學的目的，並非只是
為了求一份職業，而是要培養獨立思考和關懷社會的
精神。

　　以上所談，是我一年來的個人體會，絕非虛誇
之言。我也覺得，以上種種，是政政系最值得珍惜，
並應努力發揚的。我甚至認為，這不僅僅是政政系
的傳統，也是中大四十年來的傳統：創造一個自由活

潑多元包容的校園氛圍，鼓勵學生獨立思考和關心社會，並透過書院和通識課程，推動全人及博雅教育，並在一個良好的自然及人文環境中，拓闊學生的視野和提昇他們的品味。說到底，我們是在實踐蘇格拉底最基本的信念：「未經反省的人生，並不值得過。」(Plato, *Apology*) 又或如陳寅恪先生所說，教育最應追求的，是做人求學的「獨立之精神，自由之思想」(《王觀堂先生紀念碑銘》)。

今年是中大建校四十周年，我一直在思考一個問題：到底中大有何獨特的教育理念？我們培養出來的學生，有何出色之處？我困惑於這個問題，因為我同時在想另一個問題：我希望教出怎樣的中大學生？上段所說，便是我的答案。昨天晚上我欣賞了在文化中心首演的《中大人家》。看後我很有共鳴，因為整部劇中不同年代校友所呈現的，正是這種關心社會關懷他人，勇於批判樂於嘗試的精神。這些理念看似很抽象，但我相信真正投入過中大生活的校友，總可以舉出無數例子，印證這些理念如何落實和體現於大學教育每個環節。這些東西或許不能量化成甚麼國際指標，亦不能幫助中大爭取多一些政府撥款，但卻可令我們每個人受用一生。

如果我的說法多少有點道理，那麼當政府、校方以至同學在討論中大未來發展時，便應停下來想想：在大談國際化全球化的時候，在為了滿足僱主而大力加強學生市場競爭力的時候，在以商業機構的模式心態管治大學的時候，在為求發展而過度破壞大學自然

及人文環境的時候，我們會不會失掉甚麼？我們四十年承傳下來的教育理念和人文關懷，會否慢慢被扭曲忽略遺忘？大學強調的獨立精神和批判意識，會否日趨淡薄？

　　這是我作為一個校友，也作為一個年青教師的擔憂。目前高等教育面對的困難和挑戰，大學和學系面對的重重壓力，這裏不用多說，相信大家也清楚。但回到個人層面，如果政政系的老師和同學，能有共同的信念和堅持，並在力所能及的範圍內，教者盡心，學者盡力，我相信由眾多老師及校友鋪下的路，是可以延續下去的——最少我有這樣的期望和信心！

　　最後，讓我以韋伯那篇有名的〈學術作為一種志業〉的最後幾句，為這篇散漫凌亂，甚或有點不合事宜的書信作結：「只憑企盼與等待，是不會有任何結果的，我們應走另一條路：我們要去做我們的工作，承擔應付『眼下的要求』。」

2003年11月23日

14 大學生應該關心社會？
——給中大崇基學院新生

　　據說，不少大學迎新營的主題，都和「關心社會」有關。在香港目前的政治氛圍下，這不難理解。這是個古老的題目。早在七十年代，「關社認祖」(關心社會、認識祖國) 便已成為學界叫得最響最多的口號。況且，作為社會的未來精英，誰又會否認大學生應該特別關心社會？但如果認真想想，這個看似自明的問題，卻有太多令人困惑之處，因為「大學生應該關心社會」這個命題，充滿歧義爭議。

　　先談社會。「社會」實在是個空泛得不可能再空泛的概念，它好像無所不包。任何發生在你我身邊、在香港，以至世界某個角落的事，似乎都可稱為社會的事。我們活在社會之中。那麼，關心社會，到底應該關心它的甚麼？關心股市的起跌，關心流行音樂的走勢，關心潮流的興替？如果是這樣，我們每個人每天都在關心社會。於是，有人會修正說，大學生要關心的，是社會中的公共事務。傳統上，一般是指關心政治和關心基層。

　　但甚麼是政治？「政治」和「社會」一樣，是個相當抽象的概念。於是我們又必須問，關心政治的甚麼？香港的政治和我們有甚麼關係？如果我們真的有政治關懷，希望社會變得合理公義，那麼甚麼叫

95

倘若你真的認同大學生要關心政治關心基層，倘若你真的憧憬中大是這樣一
個地方，那麼，你很快便會失望，因為中大基本上不再是這樣一個地方。

公義？一個貧富懸殊，階級分明的社會公正嗎？如果
不是，為甚麼我們又擁抱資本主義，相信自由市場，
贊成小政府低稅制？再說，只有那些又大又外在的東
西，才叫政治？關心校政系政算不算關心政治？關心
發生在身邊的不合理不公義的事，又算不算？

　　再說關心基層。基層是指生活在低下階層的人
吧。但大學生為甚麼要特別關心這個階層？是因為他
們的處境特別令人同情，還是因為這樣可以彰顯大
學生「先天下之憂而憂」的情懷？香港是個發達的資
本主義社會。資本主義的原則是優勝劣敗，適者生
存。各位也是踏着眾多失敗者的肩膀，才能跨進大學
之門。進入大學，你們便須面對新一輪競爭，爭成績
爭獎學金爭各種各樣可令自己增值的機會。為的是甚
麼？為的是更好的前途，為的是畢業後找一份理想的
工作，為的是盡快脫離(又或不跌進)基層的生活。那

麼，這樣的一群「精英」説要去關心基層，會否存在着某種説不出的矛盾？關心的動力，從哪裏來？如果基層市民今天的苦況，相當程度上正是目前不公正的遊戲規則所造成，那麼關心基層，是否意味着必須同時質疑這些遊戲規則本身？

抛開上面的疑惑不理，倘若你真的認同大學生要關心政治關心基層，倘若你真的憧憬中大是這樣一個地方，那麼，你很快便會失望——因為中大基本上不再是 (也許以前也不是) 這樣一個地方。在校園，很少同學關心政治，關心基層的更是稀有動物。大多數人最關心的，主要還是自己的個人事務。最多人看的是《壹週刊》《東週刊》，最多人談的是時尚潮流，最多人實際上做的，是如何令自己在劇烈的競爭中，以最短時間最低成本，盡快出人頭地。有人或會反問：這又如何？既然人人都如此，有何問題？但如果你真的認同大學生要關心社會，而你的大學生活卻又完全是另一回事，那便多少是個問題。最少，你活得不一致。如果你不想這樣，下一步便要問：可以怎樣？這是一個必須由自己來回答的沉重問題。之所以沉重，是因為要逆潮流而行，活出自己的個性，需要很大勇氣。

我有另一重更深的疑惑。「關心社會」的關心，到底是甚麼意思？怎樣才稱得上關心一件事？參與迎新營的幾個主題節目，每天看看新聞讀讀報紙，抑或參加示威遊行？關心，總和「在乎」(care) 有關。一個人真的在乎一件事，和一個人偶然地喜歡一件事，總有點分別。真正的在乎，總意味着投入，意味着投

入的活動，和你的生命有所關聯，意味着你的生命和你所關心的事，連成一體。但一般人在談論社會時，總喜歡將「社會」和「個人」對立起來。個人雖然活在社會之中，但兩者是分離的，甚至是衝突的，即關心社會常意味着要犧牲個人利益。

如果這樣，人為甚麼還要關心社會？人怎麼可以有足夠的動力，放下私利追求公益？這是一個大問題。一旦我們接受了社會和個人的二元對立，同時又接受一個人最為在乎的，總是自己的利益，那麼所謂的「關心社會」便變得很外在很勉強，好像成了一種大學生應該做，但卻又沒有動力做的東西。

想深一層，會不會這種看人看社會的觀點，一開始便錯了？我們接受這種對立，會否只是因為我們的社會，自小教導我們，每個人本質上都是孤零零獨立的個體，而「社會」只是一大群自利的個體在其中爭個你死我活的場所？會否因為「人不為己，天誅地滅」這個香港核心價值，令我們看不到人與人之間，除了競爭，還可以有合作有關懷？又會否因為，我們從來沒有想過，關心社會和關心個人福祉，其實不是對立而是密不可分的東西？也許，我們需要換個角度看世界。

我最後的困惑，是為甚麼只有大學生才特別要關心社會。是因為納稅人給予大學生大量資助，所以要他們付出某些回報？是因為大學生是社會精英，所以有責任領導社會？抑或這根本是個假問題，大學生和一般市民沒有任何分別，既沒有特別多的責任，也沒

有特別少的義務？要回答這些問題，或許我們有必要先弄清楚：一、「大學生」這個身份，到底意味着甚麼？二、大學教育的目的是甚麼？三、一個知識人，到底應該有怎樣的自我期許？

因此，「大學生應該關心社會」這個老掉牙的主題，一點也不簡單。我很希望大家能帶着這些困惑，開始你們的迎新營和大學生活。古希臘哲人蘇格拉底說：「未經反省的生活，是不值得過的」。常常，人們說，這是大學教育最根本的目標。但很少人會追問下去，反省為何如此重要。反省，往往不會帶來快樂。反省，常常讓我們看到人更多的虛偽醜陋，看到社會更多的不公和邪惡。那麼，我們為甚麼還要如此在乎「反省」，還要如此追問「大學生應該關心社會」這個問題？這是每一個在乎自己的人，必須在乎的問題。

15 雙語政策與中大理想
對《中大雙語政策委員會報告書諮詢稿》的回應

香港中文大學雙語政策委員會在二〇〇六年九月發表的報告書諮詢稿中，開宗明義指出，「中大四十多年來一直堅持中英雙語(兩文三語)的教育方針，雙語教育是中大的特點和優勢，中大雙語教育的政策和目標維持不變。」這是擲地有聲，鼓舞人心的說話。

只要對香港歷史稍有了解，便知道在這樣一個殖民地城市，要肯定中文作為一種學術語言，和英文具有同樣地位，是多麼的艱難。甚至去到今天，香港回歸九年後，中大依然是香港唯一一所高等院校，在其大學條例中明言「主要授課語言為中文」，並以提供優質雙語教育為使命的大學。這是中大最鮮明的特點，也是許多中大人身份認同所在。而經過四十多年的實踐，事實證明，中大行對了路。中大的雙語教育，培養出一代又一代優秀的學生，並令中大沉澱出一種獨特的個性。今天，恐怕沒有人敢再說，因為中大使用中文，所以它是次一等的。正如委員會所稱，雙語教育是中大的優勢和資產，而不是弱點和負擔。這份自信，得來不易，也道出很多中大人的心聲。如果委員會能夠提出切實可行的建議，秉承中大的傳統，進一步「優化」雙語政策，那的確可稍減師生校友對中文大學不再說中文的憂慮。

報告書諮詢稿中，影響最深遠也最具爭議性的，是日後的授課語言，將根據學科性質來決定這個大原則。具體點說，凡是普世性的科目，將用英語授課；凡涉及中國文化的，用中文授課；凡帶本地文化色彩的科目，才可用粵語授課。報告書亦建議，凡招收非本地生的學系，必須提供足夠用普通話或英文教授的科目。與此同時，通識教育亦需作出類似安排。

　　這是中大雙語政策的一個典範式轉移。這個改變，有幾個後果。一、老師將失去選擇授課語言的自主權，而改由以學科性質決定。二、中文授課的科目將大大減少，因為大部分的學科，會被界定為普世性學科。而在資源壓力下，學系亦傾向提供更多的英文課程。換言之，在客觀效果上，新的政策將嚴重向英文傾斜。三、普世性學科必須用英文授課的原則，意味着委員會並不相信學生適合用中文學習這些學科，亦不鼓勵老師使用中文去傳授這些知識。後果自然是修讀這些學科的中大學生，日後沒有能力使用中文去表達和傳播這些普世性知識。這些知識，亦很難在中文世界中生根、發展、成熟。四、委員會似乎認為，知識該以何種語言傳授才最有成效，和施教者受教者，以及具體的學習語境並沒多大關係，反而和知識本身的性質密不可分。

　　我雖然認同委員會對雙語教育的重視，但也認為這些建議在教育理念和實踐中大的理想上，有可商榷之處。我的觀點，難免受到我的讀書教學經驗影響，亦和我對大學理念的理解分不開。既是管窺之見，偏

頗自然難免。但作為中大人，面對母校的鉅大轉變，我自覺有責任，以如履薄冰之心，提出我的憂慮，供大家參考。

要評估報告書是否可取，我們須先瞭解中大的教育理想。報告書一開首便說：「中大一直堅守創校校長李卓敏博士所提倡的「結合傳統與現代，融會中國與西方」的精神，珍惜並重視中英雙語的優良傳統。」這表示，委員會將李校長對中文大學的期許，和雙語教育緊密扣聯起來。我們因此要問：報告書提出的新方向，到底在何種意義上，能夠更有成效地實現李校長當年立下的宏願。要回答這個問題，我們宜對李校長這個提法的歷史脈絡，有個基本認識。

依我理解，只有強烈文化自覺和歷史意識的中國知識份子，才會對中大有這樣的期許。過去兩個世紀，中國正處於傳統與現代，東方與西方的重重衝突之中。這些衝突，令中國付出沉重代價。不少知識份子意識到，要救中國，現代化是唯一出路。而要現代化，則須摒棄中體西用，又或全盤西化的做法，而應在中西古今文化之間，尋求創造性的轉化結合會通。李校長的十四字真言，正表示他堅信中大對於中國文化的未來，有不容推卸的責任。中文大學既不是一所為殖民地培養買辦的大學，也不是一所沒有文化承擔的「國際大學」，而是一所紮根於香港，以建設中國文化為己任的大學。* 委員會主席金耀基教授便曾說

---

* 就我所知，李校長這個提法，是在1967年中大中國文化研究所成立時首提。有關李校長的生平及其辦學理念，可參陳方正，

過，中文大學的「任務和職責，講到底，乃在於建構中國的現代的文明。」*

　　近年，不少人喜歡拿李校長的說法支持大學國際化，甚至聲稱中大建校之初，已在走國際化的路。我認為這種詮釋，曲解了李校長。今天的國際化，是有一系列量化指標的，包括英語教學的多寡，招收非本地生的數目，教師在英語期刊發表論文的數量，大學在全球種種排名榜中的位置等。這等於說一所大學愈將自己獨特的傳統語言文化精神拋掉，愈將自己變成英美式的大學，便被視為愈成功。按此理解，中大多年來對中文的堅持，今天反成了負擔，因為國際化的必要條件，是英文化。於是，中大的立校宗旨「主要授課語言為中文」，甚至連「中文大學」這個名稱，都成了負資產。這種張力，近年愈來愈大。

　　但這種版本的國際化，和李卓敏校長所談的大學精神，以及馬臨校長強調的「中文和英文兩種語言的重要是不分軒輊而互相補助」的觀點，是差之毫釐，謬以千里。** 因為這種做法，形同切斷自己文化上的根脈，拋棄自己的文化使命，甚至使得整個學術社群在心理上產生一種自我矮化。試問，這如何談得上結合傳統與現代，融會中國與西方，並以建設中國文化為己任？委員會認同我的觀點，明確表示國際化的目標不是英語化，而是雙語教育，因為「中大也應正視

　　〈永誌魄力恢宏的開拓者〉，《中文大學校刊》，2004年秋。
*　　金耀基，〈一個東西文化相遇的偉大故事：新亞/雅禮協會：過去、現在與將來〉，2004年6月17日。
**　馬臨，〈第廿二屆頒授學位典禮演講辭〉(1980年12月11日)。

它在香港及全國所承擔的使命與責任。」既然如此，我認為理想的雙語教育，應朝以下方向發展。

一、中大應投入更多資源，致力提高學生中英雙語的能力。但我們必須將語言能力的提升和學科知識的有效學習作出區分，而不應為了前者而強迫學生用一些他們不熟悉的語言學習，因為這樣既會窒礙學生有效吸收知識，亦會影響他們的心智發展。要知道，愈抽象愈理論性的知識，對語言的要求愈高。在學生未有足夠能力嫻熟使用外語學習時，(假設其他條件相同)，老師使用學生最熟悉的語言授課，並輔以外語及相關教學材料，循序漸進，也許更為有效。

二、大學應平等對待中英雙語，給予老師充分自主權，容許他們選擇最適合的語言從事教學研究。這不僅是對老師的信任和尊重，也體現一種基本的教育理念。教育的根本目標，是啟迪學生的知性，培養學生的德性，令他們成為獨立自主的自由人。要達到這些目標，需要言傳身教，需要師生良好的溝通，需要學生勇於發問思考，需要學生對知識有真切的感受，並將所學融會在生活之中。因此，容許老師有自由根據自己的專業判斷，因應具體情況使用合適的語言授課，是最佳教學的必要條件。

讀過莊子的「庖丁解牛」的人，當知道教育最高境界，是道而非技。* 當代社會學家 Bent Flyvbjerg 也指出，知識的學習可分五個階段。在最低的初學階

---

* 　郭慶藩，《莊子集釋》，上冊 (北京：中華書局，2004)，頁
　　119。

段，學習者只會抽離具體語境 (context-independent)，
按部就班地跟隨某些既定規則行動。而去到最高的專
家階段，學習者則能夠因應具體情況，作出直覺的和
全面的合理判斷。* 如果學生因為語言的限制，只能
夠用死記硬背的方式學習，卻培養不了獨立思考的能
力，並享受追求知識的樂趣，那實在是很可惜的事。
香港大中小學很多老師，對此一定體會甚深。在扭曲
的語言政策下，有多少自由的心靈，因此而枯萎凋
零！如果學校不主動去創造這些有利條件，反而限制
老師的自由，那是連技也談不上了。

　　三、要實踐中大的使命，大學更應鼓勵老師學
生，多用中文進行學術研究。只有這樣，我們才有望
培育自己的學術語言，發展自己的問題意識，慢慢
建立中文的學術傳統，並將西方的學術資源，逐步普
及傳播到社會，開啟民智，滋潤民心。否則，我們的
學術社群，將會永遠成為西方的附庸；我們生產的知
識，永遠和社會脫節；我們的學生，亦將永遠欠缺使
用中文進行學術探索的能力。

　　想深一層，這樣的方向，也切合時代的發展。中
國經濟改革的成功，不僅深刻地改變了中國，也對世
界政治產生不可估量的影響。可以預見，中文的影響
力將愈來愈大。作為一所對中國文化有使命的大學，

---

* Bent Flyvbjerg, *Making Social Science Matter* (Cambridge: Cambridge University Press, 2001), pp.9–24. 作者稱此為 Dreyfus model，因為這個理論源自 Hubert and Start Drefus, *Mind over Machine: The Power of Human Intuition and Expertise in the Era of the Computer* (New York: Free Press, 1986, revised 1988).

實在應該善用雙語傳統的優勢，推動及鼓勵中文學術書寫，幫助中國更健康更合理地步向現代社會。

四、雙語教育的優勢，不僅在於語言能力的提升，也在於學術和思維能力的提升。一個人愈能自由地運用不同語言思考，便愈能體會知識在不同語言系統中呈現的多元性及獨特性，從而拓闊深化對知識和人生的領悟。如果將知識強作分類，然後限制某類知識必須以某種語言授課，不見得對學生有好處，也和「結合與融會」的精神有所牴牾。再者，抽離具體的學習語境，聲稱運用某種語言學習某類知識必然最為有效，並沒道理。學習的成效，並不僅僅繫於學科的性質，更繫於學生的學術和語言能力，以及老師的教學方法。

如果以上所說稍有道理，那麼委員會提出的「優化」政策，其實偏離了原來的理想和一些重要的教學理念，因為在新的制度下，中文會慢慢被邊緣化，老師和學生漸漸失去選擇授課語言的自由，學科性質以頗為任意的方式切割，學習效能並未受到足夠重視，以及中文學術書寫繼續不受到重視。

有論者或會辯稱，這是為了國際化必須付出的代價。正如報告書所言，「國際化是今天世界發展的大趨勢，所以中大必須加強它在國際上的競爭力，這對學生的出路及大學的發展無比重要。」這是問題的核心所在。委員會或許覺得，面對時代轉變，修正原來的教育理念，實在無可避免。但從教育的觀點看，國際化本身並不是目的。國際化的一切舉措，必須是為

相遇

了提升大學的教育質素，也即培養出更好的學生，以及創造出更好的知識。

　　甚麼是好的學生？在香港，最普遍的答案，是看學生能否在競爭性的資本主義社會取得最大的優勢。於是，大學教育的成敗，取決於僱主對畢業生的滿意程度，賺取工資的高低，進入大公司的比例等。從政府的角度看，教育是純粹的人力資源投資，目的是滿足香港經濟發展的需要。流風所及，學生漸漸也只視讀書的目的純為增值——增加在市場競爭中的的價值。大學的使命，遂變成如何爭取最多資源，並以最有效的方式，培養出更多這樣單向度的經濟人。循此思路，所謂大學國際化，說到底，也是要在全球化的環境下，進一步增強學生的經濟競爭力。教育的首要目的，是將人變成一種工具。我們必須承認，這是今天香港高等教育的實況。

　　但如果我們停下來想想，便會發覺，以這樣的實利心態辦教育，培養出來的學生，恐怕難以對知識本身有任何嚮往追求，亦沒有興趣培養自己的德性，更不會覺得對社會有何責任，又或相信大學生要承擔甚麼文化使命。

　　這種教育觀，也顯然和「博文約禮」，「修德講學」，「止於至善」的校訓背道而馳。這正好解釋，為甚麼今天再沒有人談大學理念。即使有人偶然提提，在許多人眼中，也顯得如斯軟弱無力，甚至滑稽可笑。因為從制度到生活，理想性的東西早已被掏空。我們整個教育體系，都不再相信教育有任何內在

107

價值。我們喪失了那種美好的想像能力。我們集體創造牢籠，然後自困其中。

這是我們教育的真正危機！

中大要談雙語政策的未來，首先便須正視這種危機，並重新思考大學的理念，而不是抽離的高談如何利用雙語教育來加強學生的全球競爭力。在缺乏豐厚的人文教育下，愈有語言及市場競爭力的學生，有可能愈遠離人性，愈加個人主義，愈欠缺批判力，愈沒有個性。

既然如此，讓我們換個角度，看看另一種對「好學生」的定義：好的大學生，是對知識有好奇，對文化有關懷，對價值有執著，對生命有反省的人。好的大學教育，應以培養這樣的人才為目標。這不是妄顧現實的烏托邦之論。恰恰相反，這樣的學生才是香港以至中國最需要的人才，也是全球化大潮中真正能夠特立獨行的人。更重要的，是這樣的人，才能夠懂得如何好好生活。所謂全球化的挑戰，不應只是計算如何在劇烈的競爭中，令自己得到最大利益，而應批判性地反思全球化的意蘊，以及在這樣的處境中，甚麼是我們獨特的文化使命和辦學理想。未經大學師生深思熟慮的說理論證，然後便擁抱某種國際化論述，並要求整所大學為之迎合，箇中得失，值得細心衡量。

要培養出第二種好學生，當然不容易。中大的優勢，是數十年來，經過許多代師生的努力，積累出不錯的人文傳統。我相信，中大人的人文關懷和批判意識，是中大最寶貴的資產。而這份資產，和我們雙

語教育中對中文的重視和肯定，是分不開的。因此，任何大的變動，必須謹之慎之。我也相信，只要中大上下懂得珍惜這個傳統，時刻以育人為念，將眼光放遠，採取兼容並蓄，自由開放的態度辦學，中大自然會不斷提升，好的老師學生自然會慕名而來，李卓敏校長當年立下的宏願，也自然能夠慢慢實現。

相遇二　學生

16 中大人的氣象

中文大學一向重視大學精神。單是新亞，創校迄今，談書院精神的文獻，便有厚厚一冊。錢穆先生曾說過，談一所學校的精神，最主要是看學生顯露的氣象，呈現的風度與格調，因為學生才是大學的主體。一校有一校的氣象，因為一校有一校的理想和關懷。這些關懷會感染學生，並影響一所大學的方向。我認為，中大四十年，最可貴可愛，最值得珍而重之的，是中大師生持之以恆的自我反省、關懷社會，並願意為理想付出的精神。這種精神，孕育了中大人的氣象，譜寫了中大的歷史。

我的說法，有史為證。

中大一九六三年成立之初，原意是仿效牛津劍橋的書院制，建一所為中國人而立的聯邦制大學。新亞、崇基及聯合三所書院，保持原來特色，推行博雅教育，實踐「經師」與「人師」合一的導師制。很可惜，一九六七年立法局通過《新富爾敦報告書》，將行政大權收歸大學中央，聯邦制從此消亡。新亞及崇基師生曾提出強烈反對，並和贊成改制的李卓敏校長力辯，又上書港督及立法局。事情失敗後，以錢穆及唐君毅諸先生為首的九位新亞校董，乃集體辭職以示抗議，並沉痛宣稱，「同人等過去慘淡經營新亞書院以及參加創設與發展中文大學所抱之教育理想，將不

能實現。」是非功罪，今日難評。但為了堅持教育理念，奮起抗爭，由此可見一斑。

反對四改三是另一例子。一九七八年，政府要求中大由四年制改為三年制，遭到全校師生強烈反對，二千多人在百萬大道集會，群情激憤。十年後政府捲土重來，三千多中大人再次群起抗議，齊心護校。結果中大敵不過政府，先是改為彈性學分制，繼而變為三年制。三年制對中大的打擊極為明顯，因為這對學生的全面發展，影響極大。而中大強調的博雅教育和通識教育的理念，亦難以為繼。

中大學生參與社會的歷史同樣悠久。早在一九六六年的天星小輪事件，崇基學生會已發表聲明，反對加價。一九七〇年，三書院學生會積極參與爭取中文成為法定語文運動。一九七一年保衛釣魚台運動，中大學生全情投入，並有學生在七七維園示威遭警方拘捕。一九七七年金禧中學事件，中大學生利用暑假，在大學為金禧中學的學生，舉辦了別開生面的補課班。

到了八十年代初，中英就香港前途問題開始談判。當戴卓爾夫人在北京摔了一跤，摔得香港人心惶惶之際，在啟德機場迎接她的，是十多個「反對三條不平等條約」的中大學生。其後，中大學生會率先提出民族回歸、民主改革，並聯同其他院校學生會，先後去信戴卓爾夫人及趙紫陽總理，要求港人治港。其後二十年的社會運動，更有數不清的中大人參與其中。例如積極參與香港政制發展的討論、反對興建大

亞灣核電廠、反對政府修訂公安法、支持八六及八九中國民運、抗議高錕校長出任港事顧問、反對臨時立法會、反對人大就居港權事件釋法等等。由此可見，新亞聯合水塔下的中大從來不是象牙塔，中大學生的社會關懷，陶鑄了中大人的格調。

而在校園之內，中大人多年來也對本身的文化及價值觀作出強烈批判。這方面的文章，可以編成好幾大冊。李歐梵在七十年代初便已公開批評：「我至今在中大任教已近一年半，卻始終體會不到中大有甚麼精神或理想，除了『中西文化交流』等的大口號和一幢幢的新大樓之外，中大似乎只是馬料水山頂的一個大官僚機構。」而劉美美在七一年保釣事件後寫下的名篇〈哭新亞〉，更哀嘆「新亞精神已死，這是誰也不能否認的悲劇」，並大力批評錢穆以降的新亞老師，但求明哲保身，對被捕學生不加聲援。連一向溫柔敦厚的小思，也曾不禁反覆低問：「我們呢？幾十年在這小島上，安頓無憂，成家立業，手中物一天一天多起來，名和利一年復一年把人纏得緊。我們擁抱着屬於自己的東西，我們的情只為個人牽繫，我們的淚只為個人得失而流。過於珍惜自己，人自然變得老謀深算，再沒有青春氣息。這樣，如何能挑動千斤擔？如何結得成隊向前行？」而吳瑞卿校友在《信報月刊》九月號一個有關中大四十年的專題文章中，對於母校的未來發展，以愛切責深的心情，發出如下感嘆：「在港英殖民政府統治之下，標榜傳揚中國民族文化的的中文大學在逆境中成立和發展，可是在香港

回歸祖國之後，將來我們會有一家『國際』的『超級』大學，卻連一家以宏揚中國文化為理想的大學都沒有了。」

當然，還有那令人莞爾的「去死吧」系列。就我所知，最少便有〈去死吧！CU仔〉、〈吃人的「新亞精神」去死吧！〉、〈工管同學，我們還是去死吧！〉等。這些文章用挖苦諷刺的筆調，對四仔主義(車仔帽仔屋仔老婆仔)及書院精神作出強烈批評。至於范克廉樓的大字報，更是中大非常亮麗的一道風景。除了發言為文，中大人還踐之履之。不少人應還記得，十年前的中大三十年開放日，便有學生在百萬大道上拉起橫額，大力反對開放日。中大人三年前聯署反對頒發榮譽學位給李光耀，以及去年有同學站出來公開質疑迎新營的淫穢口號，則是最近的例子。

在一般人看來，這些言辭或嫌過激，行動或嫌過狂。但我覺得，這種自省批判恰恰是一所大學最為需要的。沒有這種精神，學生便不可能看到生命的各種可能性，難以發展他們的個性與格調，並在活潑的討論和具體的實踐中，明辨是非，豐富校園文化，挑戰社會各種不公義現象。只有一所僵化的大學，才會不能包容，害怕衝擊。

我所理解的中大精神，不見得人人認同。甚或有人會說，這至多是一小撮人的理想，現實中的中大，更多的是醜陋和妥協，冷漠和平庸。我無意美化中大。只是回首校史，加上個人一些體會，我真切覺得，中大人確有這樣一番氣象。退一步，即使這種氣

113

象愈來愈稀疏淡薄，這種自我批判及關懷社會的精神，依然是我們寶貴的傳統，值得我們好好珍惜。而發揚這種精神，需要很強的人文關懷，並對人類及民族的生存境況，尤其是弱者的處境，有一份惻隱關矜之情；需要無間的師生關係，言傳身教；需要自由多元的學術環境，容許學生個性得到充分發展；更需要大學不是職業訓練所，而是新亞學則所稱的「做人的最高基礎在求學，求學之最高旨趣在做人」。

要做到這些，教育便不能只是一種商品。中大精神面對的最大挑戰，正是教育商品化日漸成為香港教育的主流意識形態。商品化的最大問題，用馬克思的說法，是金錢將很多事物的內在價值腐蝕了，將我們的人際關係非人化了。它會令得師生關係變質，學術的自足價值被貶抑。而當學生漸漸將讀書內化為一項商業投資，便會愈來愈精打細算，不再對嚴肅的學術問題感到好奇困惑，更不會花時間參與一些於就業前途「無益」的活動。我擔心，商品化會磨平我們的傳統，削減我們的想像力，化解我們的個性，將中大變成一所「單向度的大學」，並將中大艱苦經營的一點點氣象，慢慢侵蝕。事實上，近年中大已愈來愈少奇人怪人，大字報愈來愈稀落，校園愈來愈沉寂。剩下的，是每個人都在盤算如何以最低成本，最短時間，獲得最大的經濟效益。

當然，一所大學的發展及其所呈現出來的氣象，受很多因素影響。尤其作為一所由政府資助的大學，面對香港目前的政治社會及經濟的困境，我們似乎更

難抽離於歷史條件的限制，討論大學的理念。

但我卻覺得，正正由於面對各種前所未有的挑戰和限制，我們才更有必要從理念和價值的層次，好好思考中大的未來：中大到底想要變成怎樣的大學？培養怎樣的人才？在香港 (以至中國) 逐步走向現代化民主化的過程中，中大可以扮演甚麼角色？而面對全球化 (經濟文化教育等等) 的挑戰，我們又該如何應對？中大傳統的教育理想，例如雙語教育、通才教育、書院教育，以至溝通中西文化、建設中國文化等，有多少已經名存實亡，又有多少仍然值得我們珍惜發揚？而近年大力鼓吹的國際化、世界一流等，其內涵是甚麼？我們又需要為這些目標付出甚麼代價？

我覺得這些問題，值得大家一起思考討論。四十年校慶，我們當然可以懷之緬之，歌之頌之。但更重要的，也許是我們一起利用這個機會，整理我們的傳統，檢視我們的理念，審察我們面對的各種困難和挑戰，好好思索一下中大應該如何走下去。

17 徜徉在倫敦書店

「對不起，是時候關門了！」

我抬頭，茫然望着前面一臉慈祥，又帶點歉意的英國老太太。過了好一會，才從亞里士多德的世界走出來，曉得已七點，書店要關了。我望望四周，才發覺早已沒人，只聽到暖爐裏紅透了的炭火發出的聲響，四壁密密的書，在柔和的燈光下，竟亦染上一層暖意。我道別老太太，步出書店。室外是倫敦的冬天。街上風急人稀，我縮在大衣裏，忍不住特別懷念小書店的溫暖。

這二手小書店在大英博物館附近的一條小橫巷上，由於近學校，又多哲學書，是我常去的地方。

愛書的人，很難不愛倫敦。如果英國的「魚與薯條」令你難以下咽，英國人的衣着令你沉悶，那麼英國人對書的尊重，實在教人難以挑剔。倫敦市中心的查令十字街，一整條大街都是書店，有新有舊，有大有小，有學術有通俗，當然更少不了那些專門收集、買賣珍稀書籍的古董書店。愛書的人，在這裏磨上一日，恐也不夠。何況唐人街只是幾步之遙，餓時跑去吃一碗叉燒飯，再慢慢踱回去「打書釘」，叉燒的餘味，混和濃濃的書香，慢慢消化，不亦樂乎！

初到倫敦，總不敢帶信用卡出街，怕行書店時

一時控制不了，帶太多不能充饑的精神食糧回家，收到月結單時卻只好以麵包度日。由是，我特別愛逛倫敦的二手書店。不僅貪其價錢便宜，而且我是一個不介意舊，有時且刻意求舊的人。有時在書叢中尋得一本心儀已久的舊書，真有點「眾裏尋它千百度，驀然回首，那書卻在燈火闌珊處」的喜悦。輕輕捧起，揭開，書香便陣陣滲出來，再看看出版年份，比自己不知老了多少，心裏便更加珍惜。一本舊書，真不知經了多少人的手，歷盡多少變遷，輾轉才到我的書架，中間誰説不有大緣份？所以，我從不賣書。文革時很多老前輩，被迫將數十年的藏書當廢紙賣掉，那種心酸真是不足為外人道。愛書的人，較那愛珠寶的人，感情可能來得更深。再者，書的內容和其新舊無關，即使殘舊一點又何妨。

喜逛舊書店，也和舊書店的氣氛有關。新書店雖然又大又堂皇，但往往人聲嘈雜，書擠人擁，難以久留。舊書店卻不同，店雖小，人卻疏，而且大多在小巷，沒有車水馬龍，有的是千年文明滲出來的餘韻，溫柔地纏繞着你。書店安安靜靜，人也自然跟着靜下來，一個下午，不知怎樣便過去了。行書店，要有一顆靜心與耐性。要不，在書叢中轉來轉去，蠻累人的。而且，搜尋大半天，一無所獲也是常事。去多了，便和店主熟絡，還可談談書店的滄桑史，聊聊舊書市行情。店主都是老行尊，你想找甚麼書，問問他，多半有着落。倫敦的二手書店有多少？根據史葛(Skoob) 書店編的《史葛全英二手書店導引》，僅倫敦

一市，便有一百九十多間。不要忘記，賣新書的店還未算在內。

可以想像，有那麼多書店，是因為有那麼一大群讀者。要不，那能生存。英國人大抵是個極為愛書的民族。據聯合國教科文組織的統計年鑒，英國一九九五年出書有十萬零一千七百六十四種，全世界最多。愛書敬書，大抵和一個文化的深度與活力有密切關係。千禧之年，想想過去數百年影響現代世界最深的人：物理學的牛頓，經濟學的亞當斯密，哲學的洛克與休謨，文學的莎士比亞，生物學的達爾文，連馬克思的《資本論》也是躲在大英圖書館寫成的呢。再數下去，怕會被人罵崇洋。但我想，如果英國也來一次焚書坑儒，也弄一次破四舊，人類歷史恐怕會改寫。

倫敦有那麼多好的書店，是倫敦人的福氣。我有幸在這裏寄居留學，得以在書海中徜徉，是我的福氣。我尚未忘記，小時候在中國，有同學買了一本《故事會》，全班五十多人輪着看的情景。倫敦的冬天，夜來得特別早。步出書店，總有一縷獨在異鄉為異客的孤清。只是看着手中的舊書，遂有東西不隔，古今相通的安頓與安樂。

18 倫敦書展

去慣香港書展的人，大抵對書展有個既定的印象：熙攘嘈雜的人群，最新出版的漫畫，出版商層出不窮的綽頭，還有那許多不該在書展出現的攤檔。人們大多抱着一種湊熱鬧，貪新求便宜的心而去。逛一次書展，和逛一次大百貨公司沒有兩樣。唯獨欠缺的，是書展理應有的書卷味，和由此而生的文化氛圍。因此，當我步進倫敦夏季國際書展，並被濃濃的書香薰染了大半天後，我是如此詫異，詫異書展原來可以這樣。但又是如此享受，享受一次如此豐盛的知性之旅。雖然，最後我一本書也沒有買。

書展在倫敦百花里 (Bloomsbury) 羅素廣場的羅素酒店 (Hotel Russell) 舉行，今年恰好是廿五周年紀念。百花里是倫敦最著名的文化中心區，大英博物館、大英圖書館、倫敦大學都位於此區，是倫敦文人最喜留連出沒之處。羅素酒店是百花里一所十分著名的酒店，建築宏大而典雅，古色古香，單是其外觀已讓人讚嘆不已。

當天我走進書展，撲鼻而來的，便是一股厚而不膩的書香，那種由舊書發出的特有氣味。然後我發覺，在過百家參展書商的書架上，密密麻麻排列着的，全不是新書，而是泛黃的古舊珍稀書籍。有些數百年的珍品，老闆乾脆用玻璃櫃將書罩好，以免稍不

小心，損壞了寶貝。古老莊嚴的建築下，萬千經歷無數歲月滄桑的古書靜靜等候知音。坦白說，我這個穿着牛仔褲的異地小子，走進這樣的書展，還真以為入錯了地方。

然後我又發覺，前來參觀的，大多是上了年紀的老先生老太太。很多一副紳士模樣，穿着畢挺西裝，戴着老花鏡，顫巍巍地在書海徘徊，間或嘴角含笑，間或喃喃自語，忘形之致。書多人多，偌大的酒店大廳顯得有點侷促。儘管如此，卻不覺亂，亦不見嘈雜，人人都在專心看書。很多人有備而來，拿着書單，在書海中來個「眾裏尋它」。有些顯然是常客，幾個稔熟的，聚在一起，分享彼此的收穫，又或拿起一本心愛之書，幾人鑑賞一番。

參展的書種很多，有文學、歷史、藝術、考古、科學等，很多書商亦有出版自己的藏書目錄，藏品一目了然。書商十分友善，也很博學，我這個古董書外行人，怯生生地問他們一些基本問題，例如書籍的保養、收藏方法等，他們均樂於解答。甚至連如何捧書也有講究。當我隨意拿起一本十八世紀的大書翻閱時，老闆忙不迭地跑過來，說我姿勢不正確，很易將書摔下來。他耐心向我示範一次，教我看書要挺直腰板，左手托着書底，右手輕按書面。翻書時更要小心，因為百年滄桑，書紙已變得很薄很脆。我自命一向愛書，來到這些終身與書為伍的老行尊面前，才覺自己無知。

我對哲學、文學特別有興趣，來這裏真是眼界

大開。但看歸看，真的要掏荷包，卻須三思而後行。
例如我找到一本一七六八年出版的英國著名哲學家
休謨（David Hume）的論文集，保存得很好，價錢是
九百六十鎊。折合港幣，那便是過萬元的書了。又例
如一套十二冊的《一千零一夜》，一八九七年出版，
書價是一千一百鎊。但也不總是那麼貴，一套一九〇
一年出的莎翁作品集，便只售七十五鎊。這些古書，
都已成了古董，價值難以估量。但千里馬尚需伯樂，
沒有一個愛書敬書的文化，沒有一個珍惜歷史，並對
歷史存着一份溫情與敬意的傳統，這些如珍似寶的古
書，在別的地方，也許不值一文。

　　今次一連四天的書展，共有超過二百家書商參
與，雲集了英國各地的古董書書店，也有來自歐洲和
美國，是名副其實的國際書展。籌辦今次書展的是
PBFA（Provincial Booksellers Fairs Association）。PBFA自
一九七五年起便在羅素酒店定期舉行書展，自此年年
月月不斷，並由當初的廿位會員發展到今天超過七百
位會員。我所說的月月不斷，並非誇張之辭，因
為除了夏季大型國際書展外，每月在羅素酒店都會
舉行為期兩天的書展。所以，下次來倫敦，若果湊
巧，記得去羅素酒店逛逛，感受一下香港書展沒法
給你的感受。

19 淘書心情

近來日夜顛倒的「論耕」(論文耕作之謂)，乾涸得很，看到有朋友提到倫敦，還提到倫敦的書店，竟有鄉愁之感。

離開倫敦，最牽掛的，便是那些書店。在倫敦讀書那幾年，每個星期，總有一兩天，我騎着破單車，在百花里 (Bloomsbury)、查令十字街 (Charing Cross Road) 大大小小，新新舊舊的書店中逛完又逛，淘完又淘。Judd Two, Skoob, Unsworths, Ulysses, Marchmont, Waterstone's, Blackwell's, Foyle's ... 不知你們可好？

有段時間，我在大英博物館附近那家號稱歐洲最大的學術書店 Waterstone's 做兼職。這家書店有五層，紅磚建築，古色古香。我在地庫的顧客服務部工作，主要負責訂書退書寄書。由於是倫敦大學總部所在，UCL、SOAS、Institute of Education 等便在旁邊，光顧的大多是學者和學生。每天經我手處理的書，動輒過百。說自己「坐擁書城，終日與書為伍」，並不為過。那真是快樂的日子，每天在書店跑上跑下，和同事一起搬書排書，和顧客聊書品書，一點也沒有馬克思所說的勞動異化。

書店二樓的一邊，是 Second-hand & Remainder，專賣二手書和所謂的「倉底貨」，書價往往只是新書的一半，職員還有三成三的折扣。一本書外面賣二十

英鎊，我往往只需幾鎊便可據為己有。那真是害苦了我！時薪六鎊，每天下班，書包卻總是沉甸甸的，不知倒貼多少。記憶中，最瘋狂的日子，一星期購書超過三十本。「為書消得人憔悴」，並非誇張之辭。

日子本已過得節儉，買書更加重了負擔。有時下班後，在灰暗的夜色中，我背着沉重的書包，行去唐人街吃一碟燒鴨飯，然後坐10號巴士回家。最開心的時刻，是在車上急不及待地翻看那些剛到手的寶物。當然，有時也會離開倫敦，遠征牛津劍橋，Hay-on-Wye等地。那是另一番天地。

逛書店的享受，真是難言。回來香港後，再也沒有過這樣的淘書心情。

＊＊＊

昨天回深水埗舊居執拾藏書。因為家裏裝修，我要將所有屬於我的舊物搬走。在床底，我竟然找到一套三冊馬克思的《資本論》。拿上手，書香撲面而來 (還有厚厚的灰塵)。譯者是郭大力、王亞南，讀書生活出版社出版，時間是民國二十七年 (1938) 八月三十一日，全套原價五元九角。我完全沒有印象，在甚麼時候甚麼地方買下這套書，但多半是在鴨寮街。此外，我也發現了一套發黃的唐君毅的《哲學概論》和梁啟超的《飲冰室全集》。

有一段時期，只要有耐性，在鴨寮街是可以淘到好書的——雖然它們常常混雜在《龍虎豹》、《閣

樓》中間。我最驚訝的,是有一次在書堆中找到當代哲學家 Richard Rorty 的《哲學與自然之鏡》(*Philosophy and the Mirror of Nature*),英文版,港幣十元。

再執拾下去,還找到不少台灣出版的小說和新詩集。我才隱約記起,中學時曾經瘋狂地讀過不少台灣文學作品。當時我最喜歡的作家,是司馬中原,尤其他那本《啼嗚鳥》,曾深深打動我的心靈,令我對台中東海大學有過許多美好的想像。每翻出一本,便有一段記憶。書太多,卻沒地方安放,不少還是要扔。處理完這些舊書,人空空的,彷彿正式告別多年在深水埗的生活。

寫到此處,才驚覺來香港恰好二十年了。我一九八五年六月三十日移民來港,第一腳踏足的地方,便是鴨寮街。

真是很長很長的一段日子。

***

說起夢想,好多年前在西湖邊,有家三聯書店,湖好山好書好人好。書店邊,還有吃茶聽戲的地方。那時想,若有天,來這裏開家小書店,一定可以終老。去年再去,書店卻已不在。愛書人,總有愛開書店這種近乎不切實際的夢想。在倫敦在香港,目睹一家家書店,開了又倒了,總暗暗告訴自己,夢想留在心裏便好,千萬不要實現。當然,有過自己的書店,圓了心願,自有一番旁人不能明瞭的心情。

我猜度，每個愛書人，一定有些書店，是常常教他魂牽的。倫敦百花里 Marchmont 書店的那條小巷，我便難以忘懷。幾家小書店，一間咖啡屋，三幾棵老樹，便成了風景。那裏的書不是特別適合我 (我奉獻最多的，始終是 Judd Books 和 Unsworths)，而是氛圍好，尤其是小巷盡頭掩映在綠藤之中不起眼的文學小書店，遺世而獨立，好像不理外面世情怎變，它總會靜靜佇候愛書人的光臨。

劍橋和牛津的書店，我也不知行過多少遍。最懷念的，是有那麼一次，我想去劍橋瞻仰維根斯坦的墓。由於不知墓地的確切位置，於是先去一家小書店問了人，然後才起行。我徒步行了一小時。真沒想過要走那麼遠，待入到墓園，又沒想過那麼冷清。一個人也沒有，樹木幽深。這位一生充滿傳奇，對當代分析哲學影響深遠的哲學家的墓，極其簡單。墓碑上除了他的名字和生卒年份，甚麼也沒有。維根斯坦當年的老師，著名的倫理學家 G.E. Moore 也葬在那裏，但荒草茂密，碑上的名字被磨蝕得幾乎已不可辨認。「吳宮花草埋幽徑，晉代衣冠成古丘」，大抵是我當時的心情。

但我印象最深的，還是英國約克市的一家舊書店。那書店近古城牆，店外是長長的青石板路。書店又高又深，以文史哲為主，書一直堆到屋頂。若想看最高的，便要用一把木梯慢慢爬上去。記憶，常常停留在這樣的定格：嚴冬，天灰沉沉的，風大雨寒，我騎着單車從遠遠的校園跑去，店內火爐燒得通紅，幾

乎沒有人，我在靜靜地看書，店主也在靜靜地看書。

　　另一家念念不忘的，是小時候故鄉的新華書店。店在十字街口，即全鎮最繁華的兩街交界之地。意象是這樣：夏日，悶熱，書店的吊扇在慢慢地搖。街外熱鬧，有人在高聲叫賣冰棍。我穿着短褲，縮在書店一角「打書釘」。看的是甚麼呢？不瞞你，很多時是甚麼中國共產黨黨史之類。裏面有很多戰爭片段，十分吸引。

　　記憶，到最後，往往定格成某種意象，意象承載了某種心情。真正留下來的，是心情。細節往往模糊了。

　　顧城有詩句，叫「把回想留給未來吧」，年紀愈大愈覺有其道理，雖然我的道理，和他想的未必一樣。回想本身，嚴格來說，不是人的意志可以主宰。流逝的生活，最後留下甚麼，並教人念記，是記憶本身的事。只有在足夠遠的將來，當一切沉澱，慢慢不經意浮上來，讓你牽腸讓你掛肚的，才足堪稱回想。

　　所以，在這個多雨的夏季，我如此不自禁地想起這些書店，多少可見那些淘書的日子，是如何教人懷念。

20 尋找 ISAIAH BERLIN

昨天和阿 Cham 的牛津之旅，事後回想，實在值
得一記。

一切都得從哈特 (HLA. Hart) 說起。哈特 (1907–
1992) 是牛津大學的法學講座教授，被公認為二十世
紀最重要的法律哲學家。他的著作《法的概念》更
早已成為法律哲學和政治哲學的經典。* 我抵達倫敦
後，已在書店留意到 Nicola Lacey 寫的哈特的傳記，
A Life of H.L.A. Hart。** 後來和倫敦的老同學聊天，都
說這本書精彩，於是前天買了，當晚並即時讀了某些
章節，尤其是他晚年和德沃金 (Ronald Dworkin，哈特
在牛津的法學講座教授繼任人，另一位著名的哲學家)
之間的一些學術爭論，覺得十分精彩。Cham 接着讀
了，亦頻呼過癮。

這是背景。我們去牛津，和哈特一點關係也沒
有。我們主要是去逛書店，並想到當代著名思想家
柏林 (Isaiah Berlin) 的墓地憑弔，圓我多年心願。我以
前在倫敦政經學院讀書時，常會一大早爬起來，從
倫敦坐個多小時的車，去牛津聽 G.A. Cohen，Derek

---

*   H.L.A. Hart, *The Concept of Law* (Oxford: Oxford University Press,
    1961).

**   Nicola Lacey, *A Life of H. L. A. Hart* (Oxford: Oxford University Press,
    2004).

Parfit，Joseph Raz 等著名哲學家的課，順道到那大大小小的書店淘書。

到了牛津，我們在大學書院 (University College) 門前下車，先逛附近一家叫 Waterfields Books 的舊書店。這家書店歷史悠久，專賣很多斷版的學術著作，尤其是歷史方面的。我們甫進去，便見到門口正中，擺着一書架的舊書，上面寫着 Books from the Library of Jenifer Hart on These Shelves。Jenifer 是哈特的妻子，去年才逝世。換言之，這個書架的書，是哈特夫婦生前的藏書。我們當時第一個反應，是覺得真巧。昨晚才讀過哈特的傳記，今天便看到他的藏書。我最後從架上挑了一本 Harold J. Laski, *A Grammar of Politics*，一九二五年出版，全書六百多頁，保存得很好，上面還有 Jenifer 的簽名，書價十二鎊。今天聽過 Laski (1893–1950) 的人恐怕很少了，但他在二十年代卻鼎鼎大名。他是倫敦經濟學院首任的政治科學教授 (1926)，主張社會主義的費邊社 (Fabian Society) 的核心人物，甚至做過一年的英國工黨主席 (1945–1946)。(如果我沒記錯，Laski 的書當年已被譯為中文，並在中國有相當影響力。)

行完 Waterfields，我們便到書店旁邊的全靈學院 (All Souls College) 參觀。全靈學院在牛津數十個書院中，地位特殊，因為它只有院士 (Fellows)，沒有學生，而院士都是世界頂尖的學者。牛津最優秀的畢業生，每年會被邀請參加全靈學院一個叫 Prize Fellows 的選拔試，最優秀的兩位會成為院士，為期可以有七

HLA. Hart Oxford 1990 　　　　Isaiah Berlin London 1990 　　　©Steve Pyke

年。院士待遇優厚，而且很自由，可以做任何自己喜
歡的研究。柏林是首位奪得這個獎的猶太學生。當
代其他有名的哲學家院士，還包括 Bernard Williams,
Charles Taylor, Michael Dummett, Kolakowski, Derek Parfit,
Amartya Sen, G.A. Cohen 等。我以前到牛津聽 Parfit 和
Cohen 的課，課室便在全靈學院的舊圖書館。

　　當天書院不容許遊人參觀，我於是在門口和
Cham 聊起一些 Cohen 的逸事。Cohen 是牛津政治理論
的講座教授 (即Chiechele Professor of Social and Political
Theory)，柏林的學生，也是當代分析馬克思主義的代
表人物，成名作是*Karl Marx's Theory of History*。最妙的
是，我話未說完，Cohen竟從大門旁邊的傳達室走出
來，嚇了我們一跳。Cohen穿着短褲涼鞋，戴着帽，
看上去較四年前老了些，說話卻一如以往般風趣。他
仍依稀記得我，並說正要去見人，叫我們陪他走一段
路。於是我們從正門開始，行到全靈學院的後園，再

130

從小門轉出去 Radcliffe Square。他談了一下近來的出版計劃，並說會在兩年內退休。

說起Cohen，他有件小事，對我影響很大。記得當年旁聽他的課，主題是關於羅爾斯的政治哲學，科目名稱叫「建構主義和正義」(Constructivism and Justice)。第一天上課，他帶了羅爾斯的《正義論》來，牛津大學出版社一九七二年版。大家應知道，這是二十世紀最重要的政治哲學著作。書擺在桌上，他偶爾會打開讀一段。我留意到，他那本《正義論》殘舊不堪，整本書幾乎全散開了，上面寫滿了字。每次翻的時候，他都小心翼翼。我當時真的呆了。我自己的《正義論》，讀了好幾年，也幾乎天天在翻，雖已陳舊，卻遠未到讀「破」書的地步。由此可見他讀了多少遍，花了多少功夫。我當時想，像他那樣的學者，仍要以這樣的態度讀 John Rawls，我等後輩如何可以不用功。

見完 Cohen，我們繼續逛書店。大約四時左右，再到酒吧欣賞世界盃阿根廷對德國。看完球賽，已近六時。由於是夏天，陽光仍然很好，我們決定去找柏林。柏林葬在 Wolvercote Cemetery，從市中心坐 2 號車，沿着 Banbury Road 走，大概十五分鐘便到。抵達，才發覺大門已鎖。我們很失望，卻不甘心，打算爬過鐵門進去。當我們正作準備時，卻見一位園丁遠遠跑過來。我心裏涼了半截。誰不知園丁卻說，墓地仍然未關，並打開旁邊的小門讓我們進去。

真是喜出望外。但入了墓園，我們才發覺，要

哈特的墓，在墓園西邊一個角落，和 Jenifer 合葬在一起。綠色的墓碑，上面寫着Herbert Hart, Philosopher of Law, 1907—1992; Jenifer Hart, Historian, 1914—2005。我們靜靜地鞠了躬。陽光更為暗淡。作者攝。

找柏林一點也不容易。墓地很大，一排一排，密密麻麻，少說過千。而整個墓地唯一有指示的，是 J.R.R. Tolkien (1892–1973) 的墓，也即《魔戒》(*The Lord of the Rings*) 的作者。我們決定分頭找柏林，並相約誰先找到，對方便得請吃晚飯。墓園寂靜，人影全無，只偶爾聽到鳥兒淒怨的叫聲。

園中古樹，在夕陽殘照下，愈顯森然。我們逐行逐個碑細看，找的雖然是柏林，但每看一個墓碑，看到生卒年份及上面刻的紀念文字，腦裏便會想像那人生前是何模樣。但真正想像得到的，又有甚麼呢。一個人生前無論多麼風光，最後也是殊途同歸。

找了差不多一小時，我們將整個墓園行了一次，依然不見柏林蹤影。我有點氣餒，於是遠遠大聲問阿 Cham 有何進展。Cham 很興奮地說，柏林找不到，卻發現了哈特。這麼巧？！哈特的墓，在墓園西邊一個角落，和 Jenifer 合葬在一起。綠色的墓碑，上面寫着 Herbert Hart, Philosopher of Law, 1907–1992; Jenifer Hart, Historian, 1914–2005。我們靜靜地鞠了躬。陽光更為暗淡。

我們未死心，於是來來回回再將墓園多尋了幾次。找不到柏林，卻讓我們發現了當代另一位著名政治哲學家 Peter Laslett 的墓。Laslett 是研究洛克的專家，劍橋大學出版社的《政府二論》(*Two Treatises of Government*) 便是由他編輯，而他所寫的導論，更早已成了研究洛克的經典文獻 (最近出了中譯本)。當然，很多讀政治哲學的人會記得，他在一九五六年說過的「政治哲學已死」的經典名句。*

找不到柏林，雖然心有遺憾，但在短短一天內，讀到哈特的傳記，買到他們夫婦的藏書，還拜祭了他們的墓，可謂奇遇。坐車回倫敦時，已是晚上十一時，天全黑下來。茫茫原野中，掛着一勾彎月。

---

* Peter Laslett ed. *Philosophy, Politics and Society*, First Series (Oxford: Basil Blackwell, 1956), p.vii.

21 追尋社會正義
——紀念羅爾斯

　　當代傑出的政治哲學家，《正義論》的作者，美國哈佛大學羅爾斯教授於二〇〇二年十一月二十四日病逝，享年八十一歲。* 他死後，英美各大報章紛紛發表悼念文章，高度評價他的貢獻。例如《金融時報》稱他改變了整個學科的發展，《泰晤士報》則視他為繼穆勒之後最偉大的政治哲學家。這並非過譽之辭。《正義論》一九七一年甫一出版，便已一石激起千層浪，在學術界掀起熱烈討論。羅爾斯的同事，也是放任自由主義代表人物的諾齊克在一九七四年便預言，日後任何有關社會正義的討論，要麼在羅爾斯的理論框架內工作，要麼便須解釋為何不這麼做。** 另一位哲學家貝利 (Brian Barry) 甚至認為，《正義論》是當代政治哲學的分水嶺，從此之後，我們活在「後羅爾斯」(post-Rawlsian) 的世界。***

　　事實的確如此。一九七一年後蓬勃發展的政治哲學，從強調私有產權至上的放任自由主義到重視財富

---

* 　John Rawls, *A Theory of Justice* (Cambridge, Mass: Havard University Press, 1971).

** 　Robert Nozick, *Anarchy, State, and Utopia* (New York: Basic Books, 1974), p.183.

*** Brian Barry, *Political Argument: A Reissue* (Hemel Hemstead: Wheatsheaf, 1990), p.ix.

再分配的自由平等主義，從效益主義、馬克思主義到社群主義，從文化多元主義、女性主義到國際正義理論，林林總總，均視《正義論》為它們理論的共同參照系。學術性的哲學書籍，一般只能賣一千本左右。但此書出版至今，單在美國已售出逾三十萬本，超過五千本書及文章討論他的理論，並被譯成二十七種語言，成為哲學、政治及法律本科生的基本讀物。以一本厚達六百頁，每一頁都是論證，堪稱艱澀難懂的哲學著作來說，實是異數。

　　《正義論》的目標很清晰：它要為民主社會建立一套政治原則，以此確立公民應有的權利與義務，並合理分配社會資源。這樣一套原則，便是所謂的社會正義原則。正義問題之所以重要，是因為如果缺乏一套合理的，具正當性的正義原則規範我們的社會制度，人們便難以進行公平的社會合作，每個公民的人生計劃及個人福祉亦會深受影響。

　　羅爾斯本人所持的是自由主義 (liberalism) 的立場，一方面強調個人權利及自由的重要性，同時主張政府透過財富再分配，減低貧富懸殊，照顧低下階層利益，使社會變得更加平等。他的主張，體現於兩條政治原則：

　　一、每個人都有同等權利擁有充分且平等的基本自由體系，該體系要與他人所擁有的同樣的自由體系相容。

　　二、社會及經濟的不平等，必須滿足以下兩個條件：

(a) 依繫於公平的機會均等的條件下，職位和工作向所有人開放。

(b) 不平等分配必須對社會中最弱勢者產生最大利益。*

第一條原則被稱為自由原則。這裏所指的基本自由，是指民主社會中的公民及政治自由，包括言論及思想自由、集會結社自由、投票及參選的權利等。第二條原則處理的是財富收入和機會的分配問題。2(a) 被稱為機會均等原則，2(b) 則被稱為差異原則 (Difference Principle)。這兩條原則之間，具有一種字典式的優先次序關係 (lexical order)，即第一原則較第二原則具有絕對的優先性，例如社會不能夠以增加經濟利益之名，犧牲個人的基本自由。第二條原則亦優先於效率及福利原則，例如效益主義的福利極大化原則 (principle of welfare maximization) 不能凌駕差異原則，任何不平等分配只有在對社會最弱勢者帶來最大利益的情況下才被允許。同樣地，在第二條原則中，機會均等原則優先於差異原則。

羅爾斯認為，倘若一個社會滿足這兩條原則，便是正義的。和其他主流政治理論比較，它有以下特點。一、它是反效益主義 (utilitarianism) 的，因為第一原則保證了個人權利的優先性，「每個人都擁有一種基於公正的不可侵犯性，即使以社會整體利益之名也不能逾越。」但對於效益主義來說，當個人權利與社會整體利益發生衝突時，犧牲的卻是前者。二、它同

　　* Rawls, *A Theory of Justice*, p.302.

時反放任自由主義 (libertarianism)，因為差異原則為經濟不平等設下了嚴格限制，即只有在對弱勢者最有利的情況下，個人才被允許運用其先天及後天優勢，賺取更多財富。放任自由主義卻認為，只要滿足了最低度的機會平等，例如人們不會因為性別膚色年齡等受到歧視，經濟分配便應由市場競爭和自由交易決定，即使這樣做會導致貧富懸殊。三、它也反對所謂的「道德完善主義」(moral perfectionism)，因為在第一原則保障下，人們可以自由選擇道德及宗教信仰，追求自己想過的人生。在甚麼構成美好人生這一點上，政府理應保持中立。最後，它也反對社會主義，因為它不贊成財產公有制，亦不主張計劃經濟，或簡單的按需分配。

羅爾斯的正義原則，體現了兩個基本的道德信念。第一，羅爾斯相信，人性最獨特之處，是每個人都有理性的能力，主動建構和追求自己認為值得過的生活，同時有道德能力作出價值判斷及服從正義原則的要求。這兩種能力，構成人的道德身份，並具有最高的地位。一個公正的社會，必須確保每個公民能夠好好發展這兩種能力。第二，羅爾斯認為，社會不平等的最深根源，源於人們先天能力上差異，以及社會階級和家庭背景的差異。這兩方面的不平等，使人們無法站在同一起點上進行公平競爭。因此，在考慮規範社會合作的政治原則時，這些因素應被排除出去。

這種對自由平等的理解，構成羅爾斯整個理論的基礎。但透過甚麼程序，得出甚麼原則，才最能體

現上述的道德信念？羅爾斯從洛克、盧梭及康德的契約論傳統得到靈感，並提出一個極富原創性的思想實驗。基本構想是這樣：設想自由平等的公民聚在一起，希望找到一套公平的政治原則來規範社會合作。但他們發覺，由於彼此能力、人生目標以及社會地位的差異，使得他們難以在平等的地位上進行協商。他們於是同意進入一個假設性的「原初狀態」(original position)，並被一層「無知之幕」(veil of ignorance) 遮去所有的個人資料，包括他們智力的高低、所屬階級、社會地位以及人生觀等。在這個公平的狀態中，立約者對不同的正義原則進行理性選擇，看看那個最能保障他們的根本利益。羅爾斯認為，立約者最後會一致選擇他提出的兩條原則。

《正義論》產生那麼大的影響力，我想有幾方面原因。第一是和當時的哲學環境有關。二次大戰後，哲學界的顯學是邏輯實證論，聲稱任何道德及政治價值判斷均只是個人的情緒表達，沒有客觀性可言。流風所及，政治哲學變得式微，甚至有人慨嘆「政治哲學已死」。《正義論》將這種情況一手扭轉過來，復活了傳統政治哲學關心的許多問題。正如德國哲學家哈伯瑪斯 (Jürgen Habermas) 所說：「羅爾斯的《正義論》標誌着一個重要的轉捩點，因為他將長期受到壓制的道德問題，重新恢復到嚴肅哲學研究的對象的地位。」

第二是《正義論》回應了時代的挑戰。《正義論》醞釀的六十年代，是自由主義受到最大挑戰的時

代。尤其在美國，民權及黑人解放運動、新左派及嬉皮運動、反越戰運動等，都對西方自由民主政體及資本主義制度提出了根本的挑戰。當時很多人認為，自由主義早已是一種落伍而膚淺的意識形態。《正義論》的出現，卻顯示自由主義傳統仍有足夠的理論資源，回應時代挑戰，並建構一個更為公正理想的社會。第三是《正義論》本身的吸引力。在洛克以降的自由主義傳統中，《正義論》是迄今為止結構最嚴謹，論證最嚴密，觸及問題最深最廣的一部著作。羅爾斯的問題意識，提出的哲學論證，以至所用的方法論，均對後來者有深遠影響。

　　最後，讓我們看看羅爾斯的生平。羅爾斯一九二一年生於美國馬里蘭州巴爾的摩 (Baltimore) 一個富裕家庭，在五兄弟中排行第二。父親是一位成功的稅務律師及憲法專家，母親來自於一個德國家庭，是一位活躍的女性主義者。羅爾斯後來回憶，他與父親的關係相當疏淡，母親對他的影響卻相當大。他一生對兩性平等的關注，也源於母親的言傳身教。兒童時代對羅爾斯最大的打擊，是他兩個弟弟先後受他的疾病傳染而逝世。先是一九二八年，小他一歲多的弟弟受他所患的白喉 (diphtheria) 感染，又不幸被醫生判錯症，終於不治。次年另一位年僅歲多的弟弟又因他傳染而死於肺炎。羅爾斯卻兩次逃過大難。羅爾斯後來回憶，這段經歷對他一生有難以磨滅的影響。羅爾斯的學生柯亨 (Joshua Cohen) 甚至認為，《正義論》中強調個人先天及後天的幸與不幸，從道德的觀點看

相
遇

©Steve Pyke

皆屬隨意的想法，多少可溯源到童年的影響。

羅爾斯中學就讀於康乃迪克州一所嚴格的聖公會私立學校，他雖然不是教徒，但那段經歷相信對他頗有影響，最少令他對宗教信仰有相當的同情。例如他後期理論特別強調多元主義和交疊共識，便是因為意識到在現代社會中，虔誠的教徒未必會接受自由主義的整全價值觀。羅爾斯一九三九年進入普林斯頓大學，但他並非一開始便主修哲學。他曾先後試過化學、數學，甚至藝術史等，但發覺對這些科目，要麼沒興趣，要麼自認沒天份，最後才選擇了哲學。他的

啟蒙老師是當時著名的哲學教授 Norman Malcolm。Malcolm 是維根斯坦的學生兼朋友，並將維根斯坦的哲學在美國發揚光大。羅爾斯一九四三年以最優等成績取得哲學學位。

畢業後，羅爾斯隨即加入軍隊，參與太平洋對日戰爭，服役於新幾內亞、菲律賓及日本等地，他隸屬於步兵團，主要負責情報及偵察工作。當時戰爭相當慘烈，羅爾斯的普林斯頓同屆同學中死了十七人，低一屆更死了廿三人。美國一九四五年投擲原子彈於廣島時，羅爾斯仍然留在太平洋。但他又一次幸運地在戰爭中絲毫無損。對於他的戰爭經歷，羅爾斯從來沒有公開談論過。但在一九九五年美國《異議者》(Dissent) 雜誌的「紀念廣島五十年」專題上，羅爾斯卻毫不猶豫地批評美國當年投擲原子彈，殺害大量無辜日本平民生命的決定是犯了道德上的大錯，並毫不留情地抨擊杜魯門總統的決定，令他喪失成為政治家的資格。* 與其他哲學家不同，羅爾斯極少月旦時政人物，這篇文章也許是羅爾斯到目前為止的一生中，對具體政治事件唯一的一次直接評論。由此也可想見，當年的戰爭經歷對他有多深遠的影響。事實上，六十年代越戰時，羅爾斯也公開反戰，認為那是一場不義之戰。

戰爭結束後，羅爾斯重回普林斯頓攻讀道德哲學博士，師從效益主義哲學家 Walter Stace。一九五〇年遞交論文，題目為「一個倫理學知識基礎的研究：對

---

* Rawls, "50 Years After Hiroshima", *Dissent*, 42, (1995), pp.323–327.

於品格的道德價值的判斷的有關考察」。* 羅爾斯在論文中嘗試提出一種反基礎論 (anti-foundationalist) 的倫理學程序，他後來發展的「反思均衡法」(reflective equilibrium) 亦源於此論文的構思。** 同年羅爾斯亦修了一科有關政治哲學的課，由那時開始，他便決定要寫一本有關社會正義問題的著作。《正義論》是他蘊釀了足足二十年的成果。

　　畢業後，羅爾斯先留在普林斯頓做了兩年助教，並認識了到該校任訪問教授的牛津大學教授 J.O. Urmson，後經他介紹，於一九五二年獲獎學金往牛津大學修學一年。牛津一年對羅爾斯影響很大。他在那裏認識了柏林、哈特 (H.L.A. Hart) 等當代著名哲學家，並積極參與他們的研討會。而運用假然契約論證立道德原則的構想，亦於當時成形。從牛津回美後，羅爾斯先後在康乃爾、麻省理工學院等大學任教，一九六二年轉到哈佛大學哲學系，一九七九年更接替諾貝爾經濟學得獎者阿羅 (Kenneth Arrow) 擔任大學教授 (University Professor) 職位。*** 此職級是哈佛最高榮譽，享有極大的教學及研究自由，當時哈佛只有八人享此待遇。

　　羅爾斯思想早熟，一出道已一鳴驚人，例如五十

---

* 　詳細討論見 *A Theory of Justice*, pp.20–21。

** 　Rawls, "A Study in the Grounds of Ethical Knowledge: Considered with Reference to Judgments on the Moral Worth of Character." Ph.D. Dissertation, Princeton University, 1950. Abstract in Dissertation Abstract (1955), 15(4), pp.608–609.

　*** 　此職位全名叫 James Bryant Conant University Professor.

年代發表的《用於倫理學的一種決定程序的綱要》
(1951)、《兩種規則的概念》(1955) 以及《作為公平
的正義》(1957) 等，便受到哲學界普遍重視。* 而到
一九六〇年，羅爾斯已開始用《正義論》第一稿作為
上課講義，前後三易其稿，終於在一九七一年正式出
版。該書豐富完備的索引更是由他一人獨力完成。這
書出版前，曾發生一段罕為人知的插曲。事緣為專心
完成此書，羅爾斯一九六九年特別去史丹福大學的高
級研究中心作最後一次修改。當時電腦尚未普及，羅
爾斯一邊增刪原稿，一邊由秘書用打字機打出來，新
稿愈積愈厚。但八個月後的一個晚上，該中心卻發生
炸彈爆炸，而羅爾斯唯一的一份新稿卻留在辦公室
內。十分幸運，救完火後該稿需已濕透，字跡卻尚可
辨認，羅爾斯遂一頁頁將它曬乾。

　　《正義論》出版後，馬上成為大學政治及道德
哲學的標準教科書，亦為國際關係、法律、經濟、教
育等學科所採用。羅爾斯一生著作不算多，主要和他
的治學嚴謹有關。他的每篇文章都是千錘百鍊之作。
《正義論》出版後，面對各方批評，羅爾斯不斷反
省、修正以至完善他的理論。經過二十多年思考，出
版一系列論文後，直到一九九三年才出版他的第二本
書《政治自由主義》，並對原來的觀點作了相當大的

---

* 　Rawls, "Outline of a Decision Procedure for Ethics", *Philosophical Review*,
　　60, (1951), pp.177–197; "Two Concepts of Rules", Philosophical Review,
　　64, (1955), pp.3–32; "Justice as Fairness", *Journal of Philosophy*, 54,
　　(1957), pp.653–662.

修正。* 此書一出，瞬即又成為學術界討論的焦點，
並為政治哲學設定了新的議題及研究方向。在過去幾
年，在他的學生協助下，羅爾斯先後出版了討論國
際正義的《萬民法》(*The Law of Peoples*)、收集了以往
發表過的文章的《論文集》(*Collected Papers*)、《道德
哲學史講義》(*Lectures on the History of Moral Philosophy*)
和《政治哲學史講義》(*Lectures on the History of Political
Philosophy*)、《公平式的正義：再論》(*Justice as Fairness:
A Restatement*) 等。

　　羅爾斯雖然廣受各方尊崇，為人卻十分低調，從
不接受傳媒訪問，也婉拒了無數機構頒給他的榮譽，
大部分時間留在家中著書立說。** 柏林便形容他像一

---

* 　Rawls, *Political Liberalism* (New York: Columbia University Press,
　　1993).

** 唯一的一次例外是接受哈佛哲學系的一本學生雜誌訪問。見
　　John Rawls, "For the Record", in *Philosophers in Conversation*, ed. S.

個帶着黑色高帽的清教徒，生活簡樸而有規律。羅爾斯說話有嚴重口吃，如果在一大群陌生人面前，更會有不自在之感。甚或可以說，他個性有點木訥害羞，講課也不是那種妙趣橫生的人。即使間或幽默一下，面部表情卻依然不改，使得學生要過好一會兒才能領略。儘管如此，他的課還是十分受歡迎，座無虛席。他最常開的兩門課，分別是道德哲學和社會政治哲學史，討論霍布士、休謨、康德、黑格爾以降的哲學家思想。很多研究生一年又一年重複旁聽他的課，以求加深了解。* 而學期結束前的最後一堂，羅爾斯離開課室時，學生更會全體鼓掌向他致敬，良久不息。**

　　羅爾斯在《正義論》中一起首便說，正義是社會制度的首要價值，是最值得我們追求的政治理想。羅爾斯的一生，都在思索一個基本問題：在多元的現代社會，人類如何能夠合理地有尊嚴地活在一起？羅爾斯以其複雜的哲學思辯能力和對人類生存境況的深邃了解，對此問題作出解答，論證出一個自由平等的正義社會圖像，並告訴我們，這是一個值得追求，同時有望實現的大同社會 (realistic utopia)。***

Phineas Upham (New York and London: Routledge, 2002), pp.1–13.
*　羅爾斯的學生便出版了一本政治哲學史的論文集，向他致敬。Andrews Reath, Barbara Herman and Christine Korsgaard (eds.), *Reclaiming the History of Ethics: Essay for John Rawls* (Cambridge: Cambridge University Press, 1997).
**　吳詠慧，《哈佛瑣記》(台北：允晨文化，1994)，頁22。
***　Rawls, *Justice as Fairness*, ed. Erin Kelly (Cambridge, Mass: Harvard University Press, 2001), p.4.

22 蘇格拉底式的一生
——紀念諾齊克

我不會如蘇格拉底般說，未經反省的人生並不值得過
——那是不必要的嚴苛了。但當我們的生命由我們深
思熟慮的思考所引導，它便是當下我們活着的自己的
生命，而不是別人的。就此而言，未經反省的人生，
是不完整的人生。

——諾齊克，《反省的人生》*

尼采曾要求：你應如此活着，一如你願意這樣的生命
可以永恆地重覆。那似乎有點苛求了。然而，哲學，
卻確實構成一種生活方式，值得延續至其終結。一如
蘇格拉底最初向我們示範的一樣。

——諾齊克，《蘇格拉底的困惑》**

　　二十世紀傑出的哲學家，美國哈佛大學的諾齊克
教授經過多年和胃癌的艱苦搏鬥，於二○○二年一月
二十三日逝世，終年六十三歲。英美各大報章，不分
左右，紛紛發表文章，悼念這位二十世紀對放任資本
主義 (laissez-faire capitalism) 辯護最力的哲學家。***

---

* 　Nozick, *The Examined Life* (New York：Simon and Schuster, 1989),
　　p.15.
** 　Nozick, *Socratic Puzzles* (Cambridge, Mass: Harvard University Press，
　　1997), p.11.
*** 就筆者所知，包括美國的《紐約時報》、《華盛頓郵報》、
　　《華爾街日報》、《洛杉磯時報》等，英國則有《泰晤士

諾齊克一生出了七本書，但最廣為人知，影響力最大，極可能令其在西方政治哲學史上留名的，無疑是他一九七四年出版的第一本書《無政府、國家與烏托邦》。* 在這本書中，諾齊克提出，只有一個政府極少干預的，功能上最弱的國家 (minimal state)，才是一個最公正及值得追求的政治組織。這樣的國家，其功能及權力只限於防止暴力、盜竊、欺詐以及確保契約的執行。除此之外，政府應絕對尊重人們的選擇自由及私有產權，不應因平等或福利等其他價值，進行任何的財富再分配。

換言之，諾齊克希望為自由放任的市場資本主義建立穩固的道德基礎。資本主義值得擁護，不是因為其有效率，不是因為眾害相權取其輕，更不是因為它只是一小撮富人或統治階級的意識形態，而是因為它最能保障每個人的基本權利，是人類所能渴求的最好的烏托邦。此書出版後，諾齊克被公認為放任自由主義 (libertarianism) 的主要代表**，復活了古典自由

報》、《衛報》、《電訊報》以及《經濟學人》等。

* 　Nozick, Anarchy, *State and Utopia* (Oxford: Basil Blackwell, 1974). 以下簡稱為ASU。

** 　Libertarianism一詞有不同譯名，有人將其譯為極端自由主義，也有人譯其為古典自由主義。我這裏譯其為放任自由主義，主要是將其和強調社會正義及財富再分配的Liberalism (自由主義或左派自由主義) 作對照。不少人也會將其和新右派 (New Right) 或保守主義交互使用。事實上，諾齊克的以權利為基礎的自由主義和很多保守主義者的想法有很大差異。對此的分析，可見 Jonathan Wolff, Robert Nozick: Property, *Justice and the Minimal State* (Stanford, California: Stanford University Press,1991), pp.136–139; 亦可見Will Kymlicka, *Contemporary Political Philosophy* (New York: Oxford University Press, 2002), 2nd edition, p.161.

主義的基本理念，在學理上對左派自由主義、效益主義 (utilitarianism) 及馬克思主義提出了有力的挑戰。*
而在現實政治及公眾層面，則為八十年代興起的列根及戴卓爾夫人的保守主義 (或新右派) 提供豐富的理論資源。正如英國《電訊報》所稱，「可以毫不誇張的說，在歷經從羅斯福新政到肯尼迪、約翰遜及卡特的國家福利主義世代後，諾齊克較任何人更能體現了新放任自由主義的精神，並將其領進列根及布殊的年代」。**

《無政府》廣受關注，相當程度上也因為它對另一本影響力更為深遠，早其三年出版的羅爾斯的《正義論》提出了尖銳批評。諾齊克及羅爾斯兩人同在哈佛哲學系任教，彼此的主張卻南轅北轍。《正義論》提出的社會分配原則，旨在為西方的福利制度提供道德證成，主張政府扮演積極角色，主動進行財富再分配，建立一個更為平等的社會。羅爾斯及諾齊克精彩的哲學論爭，以及兩人完全不同的學術風格，大大促進了過去三十年政治哲學的發展。這兩本書亦被普遍視為二十世紀最重要的英美政治哲學著作。***

---

* 當代著名的分析馬克思主義哲學家柯亨(Cohen) 便承認，諾齊克的著作令其從獨斷的社會主義的睡夢中驚醒過來。G. A. Cohen, *Self-Ownership, Freedom and Equality* (Cambridge: Cambridge University Press, 1995), p.4.

** *Telegraph*, January 28, 2002.

*** 美國著名哲學家芮格爾 (Thomas Nagel) 便打賭說，一百年後還會被人閱讀討論的二十世紀後半期哲學家，恐怕只有羅爾斯及諾齊克兩人。Nagel, *Other Minds* (New York: Oxford University Press, 1995), p.10.

以下我對諾齊克的學術生平作些簡單介紹，希望大家對這位哲學家有多些了解。諾齊克生於一九三八年十一月十六日，父親是俄羅斯猶太移民，在紐約布克林區經營小生意。諾齊克在當地的公立學校就讀，其後進入哥倫比亞大學攻讀哲學。這段時期，他的思想十分左傾。他曾經加入社會主義黨的青年組織，更在哥倫比亞大學創立工業民主學生聯盟的分會，一個在六八年學生運動時頗為激進的組織。* 但當他到了普林斯頓大學讀研究院時，由於受到海耶克及弗里德曼 (Milton Friedman) 著作的影響，諾齊克的思想發生一百八十度轉變，由支持社會主義轉為完全擁護資本主義。在一九七五年的一次訪問中，他承認最初的確很難接受支持資本主義的論證，「但愈加深入探討，它們顯得愈有說服力。過了一段時間，我想：『好，這些論證都是對的，資本主義是最好的制度，可是只有壞人才會如此想。』然後去到某一階段，我的思想和內心終於變得完全一致」。**

諾齊克的哲學啟蒙是柏拉圖的《理想國》。他曾自述，十五、六歲的時候，他手拿這本書在布克林區的大街閒逛，渴望得到大人的注意。他雖然只讀了一部分，而且也不大懂，「但卻深深被其吸引，並知道內容十分美妙」。*** 但真正令他投入哲學思考，並決

---

* 英文全名是 Student League for Industrial Democracy，後來改名為 Students for a Democratic Society。

** 此段訪問原來刊登在 1975 年的《福布斯雜誌》(*Forbes Magazine*)，轉引自《紐約時報》(January 24, 2002)。

*** *The Examined Life*, p.303.

定以此為終身志業的，卻是哥倫比亞的哲學教授摩根貝沙 (Sidney Morgenbesser)。事緣在一科有關二十世紀社會政治思想的課上，諾齊克提出任何想法，摩根貝沙都可以提出質疑，指出他的觀點要麼忽視了某些重要分別，要麼忽略了其他反對的可能性。諾齊克愈受挑戰，愈希望將問題弄清楚，結果他上齊了所有摩根貝沙開的課。後來他戲稱，他是「主修摩根貝沙」(major in Morgenbesser)。* 一九五九年畢業後，諾齊克迅即轉往普林斯頓大學研究所，師從著名的科學哲學家亨普 (Carl Hempel)，一九六三年以《個人選擇的規範理論》(The Normative Theory of Individual Choice) 為論文取得哲學博士。在這篇論文中，他主要探討理性選擇的規範條件以及博弈論中的一些問題。** 所以，諾齊克接受的是完全正統的分析哲學訓練，最早關心的是科學哲學中有關科學解釋 (explanation) 的問題。畢業後，他曾獲獎學金往英國牛津留學一年，並先後在普林斯頓、哈佛及洛克菲勒大學任教，最後於一九六九年回到哈佛，以三十之齡，出任哲學系正教授職位。*** 而在羅爾斯的鼓勵下，他和芮格爾組織了一個小型的倫理及法律哲學學會，每月定期進行學術

---

* 　　*Socratic Puzzles*, p.4. 諾齊克在一次訪問中，亦特別強調了這一點。Giovanna Borradori, *The American Philosopher*, trans. Rosanna Crocitto (Chicago & London: the University of Chicago Press, 1994), pp. 83–84。

** 　此論文後來在1990年由 Garland Press 出版。

*** 在這點上，諾齊克和羅爾斯的經歷甚為相似。羅爾斯也是在普林斯頓畢業，然後往牛津留學一年 (1952)。但諾齊克並沒有提及過牛津生活對他的思想有何影響。

討論，出席者包括德沃金 (Ronald Dworkin)、華爾沙 (Michael Walzer)、湯遜 (Judith Thomson) 等當代著名哲學家。* 年輕的諾齊克在同儕之間，最有名的是他那摧枯拉朽般的分析能力。早在普林斯頓時，他已成為很多訪問教授的嚴峻考驗，因為他總能在別人看似密不透風的論證中找到漏洞，竭而不捨地將對方的觀點拆解到分崩離析為止。這種不畏權威，追求原創性，認真對待各種可能性及反例的態度，是諾齊克一生研究及教學的最大特點。他不僅待人以嚴，對於自己著作論證不足的地方，也會毫不留情地指出來。

　　一九七一年是當代政治哲學史重要的一年。該年羅爾斯醞釀了近二十年的《正義論》正式出版，並由此激發了諾齊克寫《無政府》的念頭，前後只用了一年時間。諾齊克後來回憶，這多少是一場意外。該年他正休假在斯坦福大學的高等研究中心做研究，打算寫一本有關意志自由的書。他之前早已讀過《正義論》的初稿，也和羅爾斯進行過深入討論，自己對放任自由主義的正義理論亦有一些構想，但政治哲學始終不是他主要的學術興趣所在。誰知幾個月下來，有關自由意志的思考毫無進展。而讀完羅爾斯大幅修訂後的新書，馬上令他改變方向，展開對羅爾斯的批判及建立自己的權利理論。《無政府》在一九七四年出版後，迅即在學術界引起大量討論，焦點亦集中在他

---

*　英文全名是 The Society for Ethical and Legal Philosophy，簡稱 SELF。這個學會的討論孕育催生了不少重要的道德及政治哲學著作。有關討論見 Thomas Nagel, *Other Minds*, p.6.

和羅爾斯兩人理論的比較之上。如果說，《正義論》得到學術界的一致推崇，是因為它對國家及正義的理解，符合了很多人本身已有的道德直覺及對政府角色的理解，那麼《無政府》的成功，卻因為它極具挑釁性。二次大戰後，福利主義在歐美盛行，主流觀點認為要建立一個正義社會，政府便須透過累進稅及其他措施，進行廣泛的財富再分配，緩和資本主義的貧富懸殊。諾齊克卻以其犀利嚴密的論證，活潑生動的文風和令人拍案叫絕的例子，尖銳地指出，任何超出古典自由主義「守夜人」(night watchman) 角色的國家，都是不正義的。這在理性或情感上，均大大挑戰了很多人的道德信念。著名倫理學家辛格 (Peter Singer) 便指出，《無政府》的出版是當代政治哲學一件大事，因為在認真回應諾齊克之前，任何哲學家都不可再視「社會正義要求財富再分配」為一個理所當然的命題。* 這是持平之論。很少人會完全接受諾齊克對國家的理解，但讀完《無政府》，卻不得不重新認真思考國家的性質，以及一個正義社會的道德基礎何在。所以，在七十年代的哲學界，羅爾斯和諾齊克分別提供了兩種值得重視的自由主義版本：一左一右。規範政治哲學在歷經半世紀的沉寂之後，重新在英美哲學界蓬勃起來。

　　諾齊克有關社會分配的論證有幾個步驟。第一，

---

* Peter Singer, "The Right to be Rich or Poor", *New York Review of Books*, March 6, 1975. 此文後來收在 Jeffrey Paul ed., *Reading Nozick* (Oxford: Basil Blackwell, 1982), pp. 37–53。

他首先論證，人作為一個獨立的個體，擁有一些基本權利，最根本的是自我擁有權 (right of self-ownership) 以及免於外人干涉的權利。這些權利構成一種諾齊克所稱的道德的「邊際約束」(side constraint)，禁止任何人用整體利益或其他價值之名，侵犯一個人的權利。權利的至上性構成諾齊克整個理論的基礎。* 但擁有自我，卻不表示人自動有權擁有外在世界中本來不屬於任何人的自然資源，例如土地。因為資源有限，而每個人總想佔有更多的財產。諾齊克於是提出一個有關佔有的正義原則 (the principle of justice in acquisition)。他認為，只要人們滿足一個洛克式的附帶條件 (proviso)，也即在佔有時沒有令其他人的情況變得更壞，這種佔有便是公正的。這是第二個步驟。緊接着的問題是：一個人如何有權擁有本來屬於別人的東西呢？這是有關轉讓的正義原則 (the principle of justice in transfer) 的問題。答案很簡單：如果最初的佔有是正義的，那麼在雙方同意的情況下，物品的任何轉讓同樣合乎正義。「從一個正義的狀態中以正義的步驟產生出的任何東西，它本身便是正義的」。** 這是第三個步驟。諾齊克指出，除了重覆應用這兩條原

---

*　最早提出這種觀點，並討論得最多及最為深刻的，是牛津的政治哲學教授柯亨(G.A.Cohen)。胡爾夫(Wolff) 甚至認為，諾齊克的政治哲學是一種以自我擁有權為基礎的單一價值(single-value) 理論。有關討論見G.A. Cohen, *Self-Ownership, Freedom and Equality*; Wolff, *Robert Nozick: Property, Justice and the Minimal State*, p.3; 類似觀點亦可見Kymlicka, *Contemporary Political Philosophy*, pp.107–127。

**　*ASU*, p. 151.

則，沒有人有資格可以正當地持有任何物品。但當有人違反這兩條原則時，我們則需要一條對不正義佔有或轉讓的修正原則 (a principle of rectification of injustice) 加以補救。這是最後一個步驟。諾齊克聲稱，這三條原則已經窮盡了分配正義中的所有問題。

這意味甚麼呢？社會正義關心的是在一個政治社群中，誰應該得到甚麼的問題。諾齊克認為，只要我們能夠保證，每個人的財產持有 (property holdings)，都符合最初佔有和轉讓的正義原則，那麼整個社會便是公正的。如果政府根據某些模式化 (pattern) 或非歷史性的正義原則，例如平等原則或需要原則，透過徵稅將我的財產強行轉移給別人，那便嚴重侵犯了我的權利，剝奪了我的自由。私有產權應得到絕對保障，因為它構成了人身權不可分的一部分。道理很簡單，如果我有權完全擁有自己，當然包括可以自由支配正當得來的財產，並透過我的聰明才智賺取更多財富。在這個過程中，如果我不違反上述兩條原則，那麼最後出現的財富不均，也是無可質疑的。因此，羅爾斯有名的「差異原則」(difference principle) 便是不合理的，因為它要求只有在對社會中最弱勢的人最為有利的情況下，經濟的不平等才被允許，但這形同強迫那些在社會競爭中佔優勢的人，交稅補貼那些競爭失敗的人一樣。* 諾齊克認為這毫無道理。在考慮分配正義時，我們不能只考慮利益受領的一方，還必須考慮施予一方應有的權利。而差異原則背後的真正理據，

    *   Rawls, *A Theory of Justice*, p.302.

正正預設了人們的天賦才能並不是一己所應得，而是社會的共同財產，但這卻恰恰違反了自我擁有的原則。諾齊克稱他的理論為「應得權理論」(entitlement theory)，一個人所應得的，必然嚴格限制了他人可以向他索取的界限。所以，政府的唯一職責，是保護人們的人身自由及私有財產權，並令市場得以順利運作。任何財富再分配都是不公正的。

《無政府》的成功，令諾齊克這位寂寂無名的年輕學院哲學家，突然間成為學術界和公眾的焦點。一九七五年該書獲得美國國家圖書獎，《時報文學增刊》(*The Times Literary Supplement*) 更將其評為二戰後最有影響力的一百本書之一。此書亦成為英美各大學教授當代政治哲學的標準教材，至今已被譯成十一種外國文字。*大名初享，諾齊克似乎有兩條路可走。

一、他可以在學院繼續完善捍衛自己的理論，回應別人的批評，培養自己的弟子，自成一個學派。

二、他可以介入現實政治，積極鼓吹他的學說，成為日益興起的新右派運動的精神領袖。出乎所有人的意料，諾齊克選了第三條路。對於同行排山倒海的批評，無論毀譽，他一篇文章也沒有回應過。他也選擇了遠離現實政治，無意成為新右派的理論舵手。他好像在學院中擲了一枚重型炸彈，然後抽身而退，任得別人在其中繼續張羅摸索攻擊。而他，卻轉往全新的哲學領域。

---

* 　中文譯本在1991年出版，由何懷宏等譯，中國社會科學出版社出版。

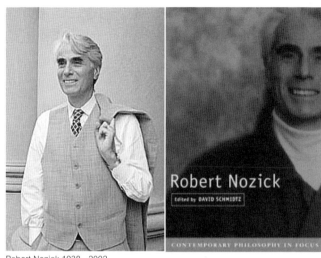

Robert Nozick 1938 - 2002

這和羅爾斯構成了最鮮明的對照。羅爾斯博聞強記，對古今哲學很多方面均有所見，但他一生卻只留在政治哲學這塊園地墾殖，專心致志做一件事：建構一套正義理論，為現代多元的民主社會找到最堅實的道德基礎。一如一個偉大的雕塑家，他極有耐性，虛心聽取別人的批評，每篇文章每個論點均反覆思量，精心細琢，力求前後呼應，無懈可擊。他用了近二十年時間準備《正義論》，其後再用了二十二年來寫他的第二本書《政治自由主義》，對第一本書進行嚴謹的重構。諾齊克並不欣賞這種做哲學的方式。正如他說：「無論如何，我相信，即使一本不那麼完善的著作，內裏包含未完整的表達、猜度、懸而未決的疑問和問題、各種線索、附帶的聯繫及論證的主線等，也應有其位置和作用。對有關主題並非定論的想法，也

應有其一席之地」。* 這不是諾齊克的謙遜之話，而
是他哲學書寫的基本態度。他不相信哲學問題有甚麼
絕對的定論，也很反對將各種相衝突的事物強行納入
人為的大系統之中，因為這樣總會顧此失彼，扭曲事
實。因此，他的作品總是試探性及開放性的，對於他
自己疑惑猶豫及不肯定的地方，也會讓讀者知道，希
望讀者繼續想下去。

　　但諾齊克為何從此離開政治哲學呢？他後來解
釋，主要有兩個原因。第一是他不想用一種防禦性的
態度對待別人的批評，但這往往極難避免。因為一個
人愈受到別人的攻擊，便愈想捍衛自己原有的立場，
因此愈難看到自己的錯處。更重要的是，他天性喜歡
不斷探索新的哲學問題，而不想畢生耗在寫「《無政
府、國家及烏托邦的兒子》以及《兒子的甚麼的回
歸……》之類」。** 無論我們是否接受他的解釋，諾
齊克這種治學態度，在哲學家中極為少見。他也從來
不回應別人對他其他著作的批評。他似乎有無窮的好
奇心，探究完一個問題，便急不及待轉到另一個。這
個特點在他的教學上也表露無遺。他在哈佛最為人津
津樂道的一件事，是在他數十年的教學生涯中，除了
僅有的一次，從未試過重覆教過同一課程。例如在
七十年代，他曾醉心印度哲學，並開了不少有關的
課，也經常和政府、心理、歷史、經濟、神學及法律
系的不同教授合作開課。他曾和人打趣說，如果要知

---

*　　ASU, p.xii.

**　*Socratic Puzzles*, p.2.

道他下一步想寫甚麼，最好去看看哈佛的課程目錄。他最後的課，是有關俄國革命的，試圖以此探討歷史的因果問題。他本計劃今年春天開一個討論陀斯妥耶夫斯基哲學思想的課，可惜天不如人願。

諾齊克的第二本書，是一九八一年出版的《哲學解釋》(*Philosophical Explanation*)。這是一本十分大部頭的書，厚達七百多頁，分為形而上學，知識論及價值三大部分，討論一系列康德式的問題，例如事物存有如何可能，知識及自由意志如何可能，客觀的道德真理及人生意義如何可能等。其中他對哲學懷疑論的批判及對知識的基礎的看法，引起最多的注意。值得留意的是，在這本書中，他從事哲學的方式有了一個明顯轉變。他不再接受以嚴格演繹進行論證的分析哲學方法，因為這種從一些基本原則演繹出整個系統的進路，就如一個搖搖欲墜的高塔，只要底部不穩，便會整個倒塌。他轉而提出一個「帕提農神殿模式」(Parthenon model)。顧名思義，「首先，我們將各自分離的哲學洞見，逐柱逐柱地豎起來。然後，我們再在一個以普遍原則或主題的大屋頂之下，將它們聯結統一起來」。* 這樣的好處是，即使神殿某部分被破壞，其他部分依然可以屹立不倒。他繼而指出，傳統塔狀論證結構的目的是證明 (proof)，總希望以論辯的，非此即彼以及一拳擊倒的方式強迫別人接受最後的結論。而他則倡議一種以解釋及理解為主的哲學多

---

* Nozick, *Philosophical Explanation* (Oxford:Oxford University Press), p.3.

元主義 (philosophical pluralism)，一方面在哲學解釋中
嘗試肯定各種不相容的觀點，同時又可根據某些共同
的標準將其排序。諾齊克似乎認為，在很多哲學問
題上，並不是只得一種解釋，各種理論不一定互相排
斥，而可能各有洞見，從不同角度對真理的探尋作出
貢獻。*

　　諾齊克的第三本書《反省的人生》(*The Examined
Life*) 在一九八九年出版。這是諾齊克對生命進行認真
反省的一本書。他從自己的人生經驗出發，努力探求
甚麼是構成我們人生最有價值及最有意義的東西。討
論 題材包括死亡、父母與子女之愛、性，以至邪惡及
二戰時猶太人大屠殺等。在分析哲學傳統裏，極少哲
學家會嘗試觸及這些問題。諾齊克卻能以誠懇睿智而
不說教的方式，從現象出發，逐步帶領讀者進行深入
反思。

　　特別值得留意的，是諾齊克首次在這裏承認《無
政府》的論證有嚴重不足，並不再堅持早年放任自由
主義的立場。例如他認為政府應該抽取遺產稅，因為
代代累積的遺產所造成的不平等是不公平的。** 他同
時承認放任自由主義對政府的理解過於狹隘，因為它
未能充分考慮民主社會中公民的互相合作及團結的重
要性。*** 諾齊克這番率直的表白，一定經過很長時間
的掙扎，也需要極大勇氣。他如此剖白：「我早年寫

相遇四　哲學

---

*　　對這點的詳細討論及批評，可參 A.R.Lacey, *Robert Nozick*
　　(Princeton: Princeton University Press, 2001), Chapter 1.
**　 *The Examined Life*, pp. 28–33.
***　*Ibid.*, pp. 286–296.

159

了一本政治哲學著作，標示出一種特定的觀點，一種於我現在看來是嚴重不足的想法 (我稍後會對此再作解釋)。我特別意識到，要漸漸淡忘或逃避一段智性的過去 (intellectual past) 的困難。其他人在對談中，常常希望我繼續維持那個年輕人的『放任自由主義』的立場——雖然他們自己拒斥它，也可能寧願從來沒有人曾經主張過它」。*

諾齊克的下一本書《理性的性質》(*The Nature of Rationality*) 則在一九九三年出版，此書主要探討人類理性選擇及信仰的性質。諾齊克基本上持一種自然主義的立場，綜合理性決定論 (decision theory)、生物學、心理學及心靈哲學等各學科知識，主張人類這種獨特的能力為人類社會長期進化的結果。這本書得到哲學界普遍的肯定及重視。

一九九四年諾齊克被診斷出身患胃癌，醫生甚至估計他最多只有半年的壽命。但諾齊克對生命始終保持樂觀幽默的態度，一邊接受治療，一邊繼續著書教學，對生命沒有任何投訴。正如他說：「我五十五歲的壽命，已較人類歷史上大部分的人長命了。……在我餘生中，我沒有任何強烈渴求去改變我的生活。我沒有心懷跑去大溪地的秘密慾望，或想變成一個劇院歌星，又或想成為一個賽車手或院長。我只想一如以往地，愛護我的妻子和孩子，和他們玩樂，並且做我平日一樣做的事情：思考、教學和寫作。**

---

*   *Ibid.*, p. 17.
**   *Socratic Puzzles*, p.11.

一九九七年他出版了《蘇格拉底的困惑》。這是一本以前出版過的文章及書評的文集，裏面甚至包括了幾篇他的哲學小說。同年春天他前往英國牛津發表連續六講的洛克講座 (John Locke Lectures)。該年在美國本土，諾齊克更破天荒地與羅爾斯、德沃金、湯遜、史簡倫 (T.M. Scanlon) 及芮格爾等六位道德哲學家，共同上書最高法院，要求法院保障憲法賦予人民個人自決的基本權利，容許醫生協助絕症病人安樂死合法化。* 在這宗充滿爭議及引起全國關注的訴訟中，這支桑德爾 (Michael Sandel) 筆下的自由主義「夢幻之隊」，能夠放下彼此的哲學分歧，聯手直接參與公共討論，在美國司法史上極為少見。而羅爾斯和諾齊克這兩位一左一右的自由主義巨擘，能夠在最根本的道德原則上達成共識，共同發表宣言，更成一時美談。而細讀該文，我們將發現，他們皆深信自由民主社會最根本的價值，繫於個人自主 (personal autonomy)。在宣言的結語，他們便聲稱：「每個個人都有權利，作出『那些關乎個體尊嚴及自主的最切身及個人的選擇。』這種權利包括行使某些對一個人的死亡方式及時間的支配的權利」。**

而到了一九九八年，諾齊克被哈佛大學委任為「大學教授」(University Professor)。這是哈佛的最高榮譽，當時全校只有十七人享此殊榮。二〇〇一年十

---

* 這分意見書的全文，可見"Assisted Suicide: The Philosophers' Brief", *New York Review of Books*, March 27, 1997.

** *Ibid.*

月諾齊克出版了他最後的一本書《不變性：客觀世界的基本結構》＊。這是一本深具野心之作，諾齊克意圖另闢蹊徑，對哲學中爭議不休卻無定論的一些根本問題，提出自己一套解釋。這些問題包括：甚麼是真理？真理和客觀性的關係如何？如何回應相對主義的挑戰？意識和倫理的功能是甚麼？諾齊克自由運用了生物、物理、博奕論等各方面的知識，試圖從宇宙進化論的角度，解釋科學及倫理世界的客觀性。

我這裏只集中介紹一下他在倫理學上的新觀點。諾齊克認為，從生物進化論的觀點來看，倫理規範的起源和基本功能是使人們互利的合作得以順利進行。道德的根本作用是協調。而道德之所以具普遍性，因為人們透過協調合作，從而共同得益的可能性是普遍存在的。但道德的具體內容，則要視乎個別社會互利合作的機會及條件而定。儘管如此，諾齊克還是提出了一條普遍性的倫理學核心原則：「它使得基於互利的最廣泛的自願合作成為強制性的；而且只有此是強制性的」。＊＊這條原則有兩層意思。一方面它鼓勵任何促進人們自願合作的次原則，另一方面它禁止任何非自願性的合作。例如如果某一方參與合作的所得，反低於合作之前的所得，任何人便不可以強迫他們進行合作。諾齊克繼而指出，這條原則體現的是一種尊重的倫理 (the ethics of respect)，它要求人們尊重別人

＊　　Nozick, *Invariances: the Structure of the Objective World* (Cambridge, Mass: Harvard University Press, 2001).

　　＊＊　*Ibid.*, p. 259.

的生命及自主性，禁止謀殺及奴役他人，不得干預一個人的自由選擇等。諾齊克強調這是最低度最基本的合作原則。他完全肯定在人類的倫理生活中，還有其他更高的道德追求，例如對個人內在價值的肯定，對他人無私的關懷與愛，以至成聖成賢等。但他強調，在這些高層次的價值問題上，政府必須保持中立，尊重人們的自由選擇。去到這裏，諾齊克告訴我們，充分實踐這種尊重倫理的，正是《無政府》中所描述功能上最弱的國家。*

只有市場，才能最有效地協調我們的合作。只有守夜人式的政府，才可以既保障我們互惠的合作，又不干預我們的個人自主。時隔二十七年，在他最後一本書的最後部分，諾齊克念念不忘的，竟是要為他第一本書的政治理想進行最後的辯護。

以上我對諾齊克的學術生平作了一些基本介紹。讀者或許會問，我們到底該如何總結諾齊克的一生？大多數的悼念文章，都稱其為重要的政治哲學家。有趣的是，諾齊克本人卻十分抗拒這樣的稱號。**事實上，我們見到他一生在知識論、形而上學、理性的性質、道德哲學以至人生哲學等方面皆有建樹。諾齊克一生最欣賞的哲學家，是蘇格拉底。在他心目中，只有蘇格拉底才稱得上獨一無二 (the philosopher)。他後期的兩本書《反省的人生》及《蘇格拉底的困惑》更公開向這位希臘哲人致敬。諾齊克欣賞蘇格拉底，最

---

*   *Ibid.*, pp. 280-82.

**   *Socratic Puzzles*, p.1.

主要是他那種將哲學完全融進生命的獨特情調。如他
所說：

> 蘇格拉底展現了更豐富的一面：即那種不懈的探
> 索所塑造的人格。他教導我們的，不純然是他的
> 方法，而是那種方法 (及引導他的那些信條) 體現
> 在整個蘇格拉底身上。我們看到蘇格拉底活在他
> 的探求及與他人的探索交往之中，看到那種方式
> 模塑及灌注進他的生命及其死亡。蘇格拉底以他
> 整個人教導我們，一如佛陀及耶穌。在所有哲學
> 家中，只有蘇格拉底如此實踐哲學。*

諾齊克對此衷心折服，並特別稱此為一種「體現
的方法」(method of embodiment)。** 我覺得，諾齊克
一生治學，正正深受這種精神影響。他對知識純真的
追求及對學術的真誠，他對生命的認真反省及面對死
亡的樂觀坦然，均體現了他自己所說的，哲學活動不
應僅僅是外在的思辨論證，而應和生命融為一體，成
為一種生活方式。諾齊克常常說，他的哲學思考是一
種探索，而不是一種證明。探索總是向外敞開，充滿
各種可能性及冒險的樂趣。正如篇首的引文所說的一
樣，諾齊克的一生，是蘇格拉底式的探索的一生。

相
遇

23 寬容與愛

梅爾吉布森 (Mel Gibson) 的《耶穌受難記》(*The Passion of the Christ*) 在全球引起廣泛討論。耶穌受難，按《聖經》的說法，是說耶穌作為上帝之子，甘願揹起十字架，以他的身體和血，洗脫世人的罪。耶穌然後於三天後復活。如果我們將耶穌復活和作為人子身份的真確性問題暫時存而不論，只視他為一個殉道者，那麼作為一宗歷史事件，耶穌受難，到底有何政治和哲學含意？

西方歷史上有兩個人的死，影響深遠。一個是耶穌，另一個是古希臘的蘇格拉底 (469–399 BCE)。蘇格拉底被視為西方哲學之父，更是當時雅典最有智慧的人，但卻在公元前三九九年，被實行直接民主的雅典城邦的五百零一人大陪審團判處死刑，罪名是褻瀆諸神和腐蝕青年人的心靈。而耶穌則以褻瀆之罪被羅馬人和猶太祭司判釘十字架。就此而言，兩人都死於宗教上的不寬容 (intolerance)。

如果我們稍讀聖經，會發覺那些祭司和法利賽人堅持要處死耶穌，並非出於嫉妒，而是耶穌直接挑戰了他們的政治及宗教權威。耶穌傳道，吸引了大批信徒。他亦對當時的祭司文士進行了強烈批評，並呼籲信徒不要效法他們。耶穌進入耶路撒冷後，更以一

介乎平民之身，聲稱他便是神的兒子，是彌賽亞，是猶太人的王。這對當時的統治者來説，是絕對不能容忍的，因為耶穌直接挑戰了他們的統治權威。儘管耶穌有上帝的歸上帝，凱撒的歸凱撒之説，但在一個政教合一的社會中，這種妥協不可能存在。耶穌不但必須死，而且必須死得殘酷無比。只有如此，才可殺一儆百（除了耶穌，當時也有其他人自稱彌賽亞），確保他們的統治。我們知道，釘十字架這種殘忍的刑罰，是羅馬人專門用來懲治叛亂者的。羅馬總督彼拉多用希伯來、羅馬、希利尼三種文字在十字架上寫上：「猶太人的王，拿撒勒人耶穌」，並非事出無因，而是要恐嚇民眾：不要效法耶穌，否則這便是你的下場。

就此而言，耶穌的受難，並非特例。耶穌之前，耶穌之後，東方西方，有萬萬千千的異見者，死於宗教不寬容。所以，單單指責猶太人殺死耶穌，或以為這是由於猶太人的民族性使然，皆是偏頗之論。以中世紀的羅馬教廷為例，它便透過宗教裁判所，將無數他們眼中的異端活活燒死。所以，真正值得深思的，是宗教寬容 (toleration) 為甚麼這麼難。寬容，向被視為德性。但寬容的概念本身，卻存在一重兩難：一個人要寬容的對象，恰恰是他在道德和情感上最難忍受的東西。寬容作為德性，既非對他人的行為和信仰漠不關心 (indifference)，亦非持一種價值相對主義的態度，而是説寬容的一方雖然手握權力，並深信自己信仰的真確性，但卻克制自己，容忍異見者的信仰自由。

對於一個排他性極強的一元論宗教來説，寬容實

在難以想像。既然關於真善美的知識，關於靈魂不朽和死後世界的問題，均有客觀的普遍性答案，而真理只得一個，而我信奉的宗教恰恰掌握了這種真理，那我為何還要容忍那些無知的非理性的邪教異端？為了他的好，難道我不該用各種方法誘導他，規勸他，甚至必要時懲罰他處死他？更何況，這些異端會隨時腐蝕他人心靈，敗壞社會風氣，破壞社會團結。因此，為己為人，寬容都是不智。

由此而來的悖論是：要避免耶穌受難的悲劇，一個社會必須要有宗教寬容，容許人們有信仰自由。但一個寬容的社會，恰恰和按耶穌教導而建立起來的一元性宗教產生巨大張力。宗教寬容的理念，只在經過十六世紀路德、加爾文等發起的宗教改革運動，以及隨之而來的持續百年的宗教戰爭後，才慢慢發展起來。其中最重要的突破，是政教分離的原則。洛克 (John Locke, 1632–1704) 對此說得十分清楚：「下述這點是高於一切的：即必須嚴格區分公民政府的事務與宗教事務，並正確規定二者之間的界限。如果做不到這點，那麼這種經常性的爭端，即以那些關心或至少是自認關心人的靈魂的人為一方，和以那些關心國家利益的人為另一方的雙方爭端，便不可能告一結束。」（《論宗教寬容》）

政教分離是現代社會一個重要特徵，也是自由主義的源頭。政教分離並非要消滅宗教。馬克思在《論猶太人問題》(On the Jewish Question) 一文中，便指出像美國這樣政教分離的國家，宗教同樣發展得欣欣向

John Locke

榮。政教分離包含兩重意思：第一，政治權威的正當
性基礎，不應訴諸於任何宗教信仰。規範社會合作的
政治原則，不應建基於任何特定的宗教。第二，宗教
屬於私人領域的個人事務，它關懷的是個人靈魂的拯
救，國家和法律不應介入其中，而應尊重每個公民的
選擇。

　　對自由主義來說，寬容的基礎，乃出於對人的
尊重。體現這種尊重的，不在於一個人的信仰是否真
確，是否與我同一，而在於我們承認每個人作為自由
獨立的個體，具有理性選擇一己的信仰及賦予其人生
意義的能力。這種普遍性的道德能力，令每個人均應
受到平等尊重，享有同樣尊嚴。這是現代平等政治的
基礎。寬容的悖論，在這裏似乎得到解決：我雖然對
你的信仰深為反感，並相信那是錯的，但由於我視你
為平等的理性的道德主體，因此我尊重你的選擇。一

個多元寬容的社會，從而變得可能。

當然，一旦將信仰從人作為平等自由的道德主體中分離出來，對於傳統宗教的衝擊是無可比擬的。首先，在一個自由主義社會中，每種宗教均須接受自由的優先性。誠然，每種宗教從其自身的觀點看，仍然會堅持其信仰的真確性，但卻不能以此為由，要求國家運用權力強迫他人信奉。一個國家，必須尊重個體的自主獨立和選擇的自由。

我認為，人類歷史走到這一點，是個很大進步。我們接受，無論一個人持甚麼信仰，無論這信仰多麼離經叛道，只要不傷害他人及侵犯別人的權利，便該受到容忍。這個觀點看似平常，但在耶穌的年代，卻是難以想像。寬容之所以可能，是由諸多歷史條件造成。第一，我們早已接受政教分離的原則；第二，我們活在一個相當俗世化的世界，接受信仰是私人領域中的個人選擇。第三，我們尊重個人自主。用穆勒的話，個人的選擇未必最好，也未必對，但只要是他選的，我們便應尊重。第四，我們重視個人權利。信仰自由被視為人最基本的權利，具有優先性。第五，在信仰問題上，很多人傾向多元論或一種溫和的懷疑論，不再認為信仰是唯一及絕對的，又或相信救贖之路只得一條，反而主張多元共存。最後，我們逐步發展出民主制度，透過一個彼此認同的程序，解決社會各種爭議。

值得留意的是，活在這樣一個徹底俗世化的世界，並非沒有代價。當宗教從公共生活中退隱，當信

相遇四　哲學

169

仰變成無可無不可的個人選擇時，宗教便很難再像以前那樣，給人們提供安身立命的基礎。對很多活在資本主義的現代人來說，生活的全部意義，只有不斷追求物質慾望的滿足。但這顯然並不足夠。借用陀思妥耶夫斯基的話：「因為人類存在的秘密並不在於僅僅單純地活着，而在於為甚麼活着。當對自己為甚麼活着缺乏堅定的信念時，人是不願意活着的，寧可自殺，也不願留在世上，儘管他的四周全是麵包。」*畢竟，我們除了麵包，還需要活得有意義和有價值。馬克思認為，宗教純是一種解除現實痛苦的鴉片，當有一天生產力高度發展，麵包遍地，人類得到真正解放時，宗教自然會隨之消失。但我反為覺得，麵包愈多，宗教也許便愈不會消失——無論它的處境多麼艱難。

相
遇

　　我以上的討論，假設了耶穌是一個被迫上十字架的殉道者。但按聖經所説，耶穌是清楚知道自己的命運，並且甘心揹起十字架的。這似乎意味着，耶穌本來可以選擇不受難。但既然他選擇了，我們便有必要問，他的動力從何而來？這是一個理性的 (rational) 抉擇嗎？最主流的解釋，是説耶穌清楚知道這是上帝的命令，也只有如此做，才能贖清世人的罪。既然上帝代表絕對真理，耶穌當然應該絕對服從。這個解釋既預設了上帝的存在，亦預設了耶穌知道上帝的心意。但情形未必如此。如果我們讀一讀較早撰寫的《馬可福音》和《馬太福音》，會發覺耶穌在臨死一刻，都

---

* 　陀思妥耶夫斯基，《卡拉馬助夫兄弟》，耿濟之譯 (北京：人民文學出版社，1994)，上冊，頁380-381。

大聲的問：「我的神！我的神！為甚麼離棄我？」由此可以推斷，耶穌對於他的選擇，多少有所疑惑，甚至失去信心。如果耶穌並不百分百肯定自己將會復活並得永生，而他本又可以不用上十字架，那麼他的選擇，理由何在？

　　這個問題不易答。我個人認為較為合理的解釋，是由於耶穌對人類的愛。耶穌相信，他的死，一方面可以彰顯他對世人的愛，另一方面可以喚醒人們學會如何愛人。這種選擇，在歷史上並非沒有其他例子。晚清戊戌六君子中的譚嗣同便是這樣，他本可以不死，卻有意識地選擇了死，希望藉此喚醒國人。但耶穌的愛的特別之處，在於它是一種完全普遍的無差等的愛。他不是愛某一個人，某一種族的人，而是愛世人，愛人類本身。他似乎有種超凡的慈悲心，立於塵世之上，以一種奉獻的精神，關愛世人。耶穌不僅如此要求自己，也如此要求他的信徒。所以，他在回應甚麼是律法誡命中最大時，他說除了盡心盡意的愛主以外，第二便是「愛人如己」，他又稱這是「律法和先知一切道理的總綱」（《馬太福音》第22章）。我甚至覺得，這兩者是分不開的，因為在世間體現愛上帝的最具體方式，便是愛人如己。一個不愛人如己的人，談不上敬愛上帝。

　　接下來的問題是：耶穌為甚麼非要選擇上十字架來彰顯他的愛？這是問題的關鍵。主流解釋認為只有這樣，人的罪才能得到赦免。但這令人費解。為甚麼耶穌的死，能夠贖別人的罪？難道耶穌一死，那些殺

害他的人的罪便可馬上得到赦免？這不僅不可能，也不公義。另一個解釋是，耶穌所洗的是人的原罪。原罪的解釋源於〈創世紀〉中夏娃受蛇引誘偷吃禁果，從而能分辨善惡的故事。但這解釋實在過於牽強。我們總不能説，知道善惡本身是一種惡，因為知善惡明是非本身是一種能力，而人是可善可惡的。再説，即使耶穌的死能洗清人的原罪，也不能贖回人們在人世間所犯的罪。退一步，我們小可以問：上帝為甚麼要那麼麻煩呢？如果他要赦人的罪，直接赦免不就行了？先要耶穌死，又要他復活，並展示給人看，這不正是耶穌一直反對的那種要以奇蹟來使人相信的方式？

我個人的理解，耶穌所説的罪，是人性中一些難以克服的弱點，或他所稱的心裏的惡念。「從人裏面出來的，那才能污穢人，因為從裏面，就是從人心裏，發出惡念、苟合、偷盜、兇殺、姦淫、貪婪、邪惡、詭詐、淫蕩、嫉妒、謗讟、驕傲、狂妄。這一切的惡、都是從裏面出來、且能污穢人。」（《馬可福音》，第7章）耶穌清楚看到人在世間犯的種種惡，但人似乎對此既不自知，亦沒有信心有能力將此改變。人就像中了魔咒一樣，周而復始，一代又一代的爾虞我詐，互相殘殺。活在惡（罪）中，人無從得到解脱，也無自由可言。儘管如此，耶穌必定又同時樂觀地相信，一個人無論犯了多少惡，人作為人，其人性中必定有些高貴的品質或神性，足以克服這些惡。只要人能自覺地實現這種品質，人便得救。

答案在於愛——愛人如己。

耶穌當然相信人有愛的能力，但世人欠的是他那種普世式的無私的愛。他藉着他的死，清楚地示範給世人看，人可以有這種能力：你不僅能愛自己，愛你的父母妻子，愛你的鄰人民族，還能超越一切等差關係，不求回報地愛所有的人。就此而言，所謂耶穌藉他的死洗脫人的罪，並非說他的死抵銷了世人的罪，那是不可能的。一個人的罪，最終要由自己來贖，方式便是像耶穌那樣愛人。如果人都能像他那樣去愛，人便能克服人的無力，體現人作為人最高貴的品質和價值，贖回人的罪，並回到上帝身邊。

只有愛人如己，人才能真正自由。而當人人能愛，人間即天堂，天堂即人間。

耶穌透過他的釘十字架彰顯的大愛精神，在人類文明史中，絕對驚天地泣鬼神。佛陀也是對人充滿悲憫，但他看到人的苦難的因，是人無窮無盡的慾望。因此，解脫之法，是努力消除人的慾望。馬克思認為，人間衝突的根源，是由資源短缺造成。只有在一個生產力高度發展，物質充裕，人人需要得到滿足的社會，階級衝突才有望解決。耶穌訴諸的卻是人的愛的能力。耶穌受難的一刻，即使有所猶豫，我想他仍會堅持，或有理由堅持，他的死是有價值的。

問題是，耶穌的受難，真能喚醒世人？

很遺憾，人類徹底地教耶穌失望。二千年過去了，人們還是在不斷的互相殺戮，而且殺人手段愈來愈高明。令人感慨的，是他的受難之地耶路撒冷，在今天竟是殺戮最多之處。人們還是不斷追逐權力財

富，用盡方法支配宰制他人。耶穌式的愛，不僅難得一見，即便是差等式的愛，在擁佔性的個人主義 (possessive individualism) 的資本主義社會，也被扭曲得面目全非。用馬克思傳神的話，資本主義「使人和人之間除了赤裸裸的利害關係，除了冷酷無情的『現金交易』，就再也沒有任何別的聯繫了。它把宗教虔誠、騎士熱忱、小市民傷感這些情感的神聖發作，淹沒在利己主義打算的冰水之中。」* 在商品社會中，人與人之間很多時只有純粹競爭性的利益關係。自利主義是常規，利他主義是變態。愛人如己不再被視為甚麼美德。恰恰相反，我們的社會經濟制度，使得愛人如己，變成完全非理性的行為。

如何解釋這種現象？有人或會說，這都是人的錯，因為我們都不好好聽從耶穌的教誨。但會不會耶穌一開始便看漏了眼，對人過度樂觀，將人看得過高？他會不會看不到，他所彰顯的大愛，其實只有他及極為一小撮的人才能做到？會不會一如陀思妥耶夫斯基筆下的宗教大法官對再臨大地的耶穌說：「你看看周圍，自己想想，現在已經過了十五個世紀，你去看一看他們：你把誰提得跟你一樣高了呢？我敢起誓，人類生來就比你想像的要軟弱而且低賤！難道他也能夠，也能夠履行你所履行的事麼？由於你這樣尊敬他，你所採取的行動就好象是不再憐憫他了，因為你要求於他的太多了。」** 用英哲柏林的說法，人性

---

*　馬克思，〈共產黨宣言〉，《馬克斯恩格斯選集》第一卷，頁253。

**　《卡拉馬助夫兄弟》，上冊，頁383。

是一塊扭曲變形的木頭，怎樣的矯也不能矯直過來。*

耶穌在十字架上說：「父啊，寬恕他們吧！因為他們所做的，他們不曉得。」耶穌實在太樂觀了。他似乎相信，只要他們知道自己在做甚麼，便不會犯罪。這和蘇格拉底的看法，十分相似，即善和知識等同。一個有知的人，絕不會行不義之事。這實在過於樂觀。在我們的世代，如果希望透過愛人如己來解決世間種種衝突，似乎有點痴人說夢。

我們可以怎樣呢？如果我們永遠不能提升到耶穌同樣的高度，我們只能退而求其次，承認人的限制，然後透過制度、文化和教育等，在人間建立一個較合理的社會。然後我們希望，在這樣的社會生活的人，可以慢慢培養多一點對己對人的信心，從而將人類善良美好的一面表現出來。這是否仍然過於樂觀？我不肯定。但我知道，如果我們連這點信心也沒有，我們便只能看着自己沉淪。

耶穌的受難，讓我們看到寬容的重要。而寬容，需要愛。一個真正能寬容的人，總是能夠穿過人們信仰的差異，看到共同分享的人性，懂得尊重他人的自主性，體諒人的限制和軟弱，從而能夠欣賞多元的可貴。這裏，不僅需要知，還需要關懷和惻隱。經過數百年的戰爭和暴力，我們畢竟慢慢學會了寬容，並有了信仰自由。或許，我們應該對自己多點信心。

---

* Berlin, *The Crooked Timber of Humanity* (London: Fontana Press, 1991). 這句話源出康德 "Out of timber so crooked as that from which man is made nothing entirely straight can be built."

24 多元文化與承認的政治

我們活在一個文化多元的社會。不同種族不同
文化和不同信仰的人，常常會發生衝突。如何在多元
之中尋求團結和諧，成為很多國家的大難題。現代民
主政治的道德基礎，是自由主義的一套想法。自由主
義主張政教分離，提倡寬容，並保證每個公民享有平
等的基本權利。國家的角色，不是教人民應該如何生
活，而是提供自由和物質條件，讓人民選擇自己喜歡
過的生活。自由主義團結多元社會的方式，既非靠高
壓統治，亦非靠道德教化，而是靠尊重每個人平等的
權利。但在過去二十年，西方興起了一股文化多元主
義 (multiculturalism) 思潮，對自由主義的平等政治提
出了很大質疑。

文化多元主義是個籠統稱呼，裏面有不同觀點。
其中較為一致的立場，是主張政府應採取某些特殊政
策，保護某些少數族群的文化傳統。這些政策，可以
是經濟上的援助，文化政策上的傾斜，甚至政治上的
差等對待。這和很多國家的政治現實有關。現代國家
甚少由單一種族組成。據估計，全球一百八十多個國
家中，有六百種不同的使用語言及五千個族群，其中
有很多是所謂的少數族群。這些少數族群，雖然有自
己獨特的語言和傳統文化，人口卻相當少，甚至未必
聚居在一起，處於很弱勢的位置。為了在主流社會生

存，他們很多人會主動學習主流文化，並送下一代去主流學校讀書。可以想像，如果國家不給予這些族群任何保護，它們的文化會慢慢被邊緣化，甚至消失。

在此背景下，不少哲學家便提出所謂的「集體性權利」(collective rights)，要求國家給予少數族群某些特別保護，使它們獨特的文化傳統能夠世代延續下去。例如加拿大魁北克省政府為求保護法語文化，抗拒英語文化的侵蝕，便立例禁止新移民及法裔人送他們的子女往英語學校，又規定超過五十僱員的公司必須使用法語溝通等。又例如在美國威斯康辛，本來州法律規定學生必須十六歲才準退學，但當地的孟諾教派 (Amish) 卻宣稱此制度有違他們的宗教傳統，要求他們的子女獲得豁免。

到底在一個以個人權利為本位的自由民主社會，是否可以容許這些特殊的少數族群權利？如果可以的話，這些權利的道德基礎又在哪裏？

自由主義認為，這些群體性權利的要求，違反了自由社會的基本精神，即權利必須以獨立的個人為基礎，而不應以一個人的族群或文化身份為基礎。自由主義基本上將政教分離、國家中立的原則，進一步應用到這個爭論上。它主張在公共領域，公民享有一系列平等的基本權利，例如思想言論自由、集會結社自由等 。在私人領域，在尊重他人權利的前提下，人們可以自由追求自己的宗教信仰，生活方式以至文化身份。自由主義並不是教人們如何生活，而是提供一合乎正義的框架，讓公民有機會去選擇自己的生活。

自由主義力求在容許多元文化的同時，又能維持最低度的社會穩定。沿此思路，公民的文化及族群身份亦歸於私人領域，法律保證不同種族、膚色、宗教的人不受歧視，不同族群亦可以保留他們的生活方式及傳統習俗。但在公共領域，政府保持中立，既不鼓勵亦不壓制任何獨特的文化身份，更不會給予任何社群特別的優待。而族群的文化實踐一旦與個人權利發生衝突，後者則具有絕對的優先性。就此而言，魁北克省的做法並不合理，因為它以維持族群整體利益之名，剝奪了社群中個體的選擇自由。

自由主義這個立場，卻遭到文化多元主義者的猛烈批判。其中一個代表是著名哲學家泰勒 (Charles Taylor)。他指出，自由主義的想法既名不副實，亦不值得追求。* 泰勒本人是加拿大人，在魁北克問題的論戰中，他贊成給予魁北克上面所述的集體文化權，並努力提出哲學論證為之辯護。

泰勒首先批評自由主義「國家中立」的虛妄，指出「公/私」領域的截然二分和個人自主這種想法，本身便是西方現代性的特殊產物。對很多回教徒來說，政治與宗教二分是不可思議的事。英國作家魯殊迪 (Rushdie) 的《撒旦的詩篇》當年導致全球回教徒對他的追殺，正好說明這一事實。而對很多宗教及傳統文化來說，「個人自主」根本沒有任何重要性。自由

---

*   Charles Taylor, "The Politics of Recognition" in *Multiculturalism: Examining the Politics of Recognition*, ed. Amy Gutmann (Princeton: Princeton University Press, 1994), pp. 25–73.

主義本身便是一套價值觀，預設了某種對人及理想人生的特殊觀點。少數族群尋求文化保護，恰恰是對自由主義的理論前提有所異議。這樣一來，自由主義宣稱對所有文化一視同仁，不偏不倚只是一個假象，結果只會導致自由主義為代表的主流文化成為霸權，不斷將少數族群文化邊緣化。十分諷刺地，自由主義強調人人平等，最後卻導致分化和歧視。

有所破，便得有所立。最關鍵的，是泰勒對「認同」(recognition) 及「身份」(identity) 這兩個概念的詮釋。他認為，個人身份的界定，與他人的認同有莫大關係。「我是誰」這問題不是一個人在沉思冥想中覓得。相反，我們的身份，總是在透過語言和我們身邊重要的他者 (significant others) 持續的對話中形成。得不到別人的適當認同，例如種族及性別歧視，我們的身份便會遭到扭曲以至傷害，活得沒有尊嚴。所以，恰當的認同並非可有可無，而是人類最基本的需要。

在傳統等級制的社會，「認同」並不構成問題，因為它總和榮譽相聯繫。但誰擁有榮譽卻由其出身、社會角色以至種族這些不平等的因素決定，這種想法被「前現代」的人視為理所當然。但自啟蒙運動以來，自由民主制度最大的貢獻，是剷除了封建等級制，人人均被視為具有同等尊嚴的公民。就此而言，所有人的公民身份均是一樣的，個人差異被刻意排除出公共領域。只有這樣，才能建立一個沒有歧視的平等社會。泰勒同意，這是現代政治一項重大成就。但他也指出，這只是現代性的一個面向。現代人在追

求平等的同時，同時嚮往一種本真性 (authentic) 的生活。這種觀點認為，每一個人都是獨特的個體，有着獨一無二的身份與特質，只有將人的個性盡情發揮，真我才得顯露，人生才得完滿。相對於自由主義平等尊嚴的政治 (politics of equal dignity)，泰勒稱此為差異的政治 (politics of difference)，追求的是在政治上承認及尊重個人及群體的差異性。

以此推之，不同族群的差異亦應受到尊重，因為他們的身份認同極受所屬的社群文化影響。因此，保存其獨特的文化傳統，令其後代仍能永久享有同樣的文化資源，便成為很多弱勢族群的共同目標。但這卻不表示泰勒要徹底放棄自由主義的平等人權觀。他針對的只是自由主義矯枉過正，完全漠視文化差異，並對任何集體性目標充滿戒懼，只曉得將一套規則毫無例外地應用到所有族群上面。他認為，更為積極的做法，應在確保基本人權不受侵犯後，國家按具體情況，給予弱勢社群某些特權或豁免，協助他們的文化得以繼續生存。平等政治和差異政治同樣重要。異於自由主義的程序中立觀，差異政治訴諸一種美好生活作為基礎，即相信只有活在屬於自己的文化社群中，個人才能建立自己的身份認同。所以，魁北克作為一個獨特社群，給予他們特殊的語言權也就變得順理成章。

對於文化多元主義的主張，有幾點值得留意。首先，普遍性的個人權利及平等政治是民主社會的基石。目前的爭論，關鍵之處在於個人權利與群體訴求發生衝突時，後者能否凌駕前者。泰勒的立場頗為折

衷。他既希望給予族群特別保護，又希望能維持基本人權。但在一以個人權利為本位的架構中，企圖容納以族群為單位的集體性訴求，確實困難重重。泰勒並不否認兩者存在張力，因為「平等政治」與「差異政治」背後的理念並不相同。當兩者發生衝突時，孰者有優先性，是泰勒必須回應的問題。再者，原則上，自由主義並沒必要反對文化差異及身份認同的重要性，它只是不贊成用國家權力干預少數族群文化的發展。它傾向在文化市場上，容許不同的文化、宗教信仰和生活方式自由發展，保持一種良性競爭的局面。至於自由主義能否真的做到完全中立，又或能否保證不同文化有公平競爭的機會，值得繼續討論下去。

其次，在探討文化傳統對身份認同的重要性時，我們要小心避免一種文化靜態觀及文化本質主義的觀點。現代社會交通及通訊發達，都市化和人口流動迅速，很少人長期活在某個固定不變的文化之中，也很少只有一種文化身份。一個社群文化的消失，並不必然產生所謂的身份認同危機。事實上，任何傳統都在不斷面對內外挑戰，因而產生量變質變。若要求政府保護某個族群文化永久生存下去，恐怕不切實際。而且，也不是所有文化傳統都值得保留。如果有些文化實踐，會對族群成員的自由和權利構成嚴重限制，我們便不但不要保留，甚至要考慮放棄了。

最後，在考慮相關問題時，我們不能忽略具體歷史處境的複雜性。多元社會的形成，在各國有不同成因。有的是因為殖民或武力侵佔，有的是因為原

住民或土著，有的則是由於外來移民所造成。不同情況，需要不同政策。例如未必很多人會贊成給予新移民特殊的文化權，因為他們是自願加入另一文化，理應主動學習當地的語言，盡快融入當地的文化。但對於很多原住民，給予他們一定的自治權卻是不少國家的政策。當然，這不表示國家可以完全漠視新移民的需要。要點在於，我們須意識到，文化多元中的「文化」，其性質其根源，並不一樣，由此而生的倫理訴求，亦應有所差異。

文化多元主義提出的問題，有強烈的政治迫切性，尤其在那些種族多元、宗教多元或有大量新移民的社會。而在資本主義全球化的年代，很多傳統文化更須面對龐大的生存壓力。如何在多元社會尋求社會和諧和彼此寬容，同時確保不同文化能夠蓬勃發展，是我們必須面對的大問題。

相
遇

25 自由主義與群體權利

　　文化多元主義的討論近年成為英美學術界的熱
潮，亦對自由主義的基本政治理念構成衝擊。贊成文
化多元主義的人認為，自由主義主張的寬容、國家中
立以至基本人權等，均難以面對多元社會的挑戰，因
為它忽略了人活在不同文化社群這一事實。因此，國
家應該給予少數文化族群某些以文化為基礎的特殊權
利，從而保障他們的文化傳統能夠好好生存下去，免
受主流文化的衝擊。* 堅持自由主義的人則擔心，給
予群體殊別性權利 (group-differentiated rights)，很易成
為壓制該社群中個人權利與自由的藉口，亦對社會穩
定、族群融和造成損害。

　　面對爭論的兩端，當代著名政治哲學家金里卡
(Will Kymlicka) 卻欲走出第三條路。在《多元文化的
公民權》一書中，金里卡宣稱，自由主義不僅和文化
多元主義相容，而且基於自由與平等的原則，更能為
少數族裔訴求的少數權利 (minority rights) 提供堅實的
哲學基礎。** 和泰勒一樣，金里卡也是加拿大人，從

---

*　可參考 Charles Taylor, "The Politics of Recognition"in *Multiculturalism: Examining the Politics of Recognition*, pp. 25–73. Iris Marion Young, *Justice and the Politics of Difference* (Princeton: Princeton University Press, 1990); Anna Galeottik, "Citizenship and Equality: the Place for Toleration," *Political Theory*, 21, No.4 (1993), pp.585–605.

**　Kymlicka, *Multicultural Citizenship: A Liberal Theory of Minority Rights*

上世紀九十年代開始，便積極參與文化多元主義的討論。* 儘管金里卡支持保護少數族群文化，其立場卻和泰勒針鋒相對。本文將先介紹金里卡的論證，然後指出他的理論的某些困難。

金里卡在書中首先指出，「文化多元主義」一辭有太多不同指涉，尤其是混淆了多元民族國家 (multination states) 和多元族群國家 (polyethnic states) 的分別。前者指的是一個國家中同時存在着多於一個民族，各自有其獨特的歷史、語言和文化，並且彼此各自聚居於特定的領土 (頁11)。多元民族國家的形成，可以是自願的，例如兩個民族為了共同利益，組成聯邦；更多的是非自願，例如強國透過征服、侵略或殖民地化，將少數民族納入其版圖之內。至於多元族群國家，則主要由來自不同文化的移民所組成。由此可見，現今世界上根本甚少單一民族國家，例如美國、加拿大等既有土著、印第安人等少數民族，亦有不同族群的新移民。其他國家亦然。

金里卡對文化多元主義作出這種區分，頗為恰當，因為兩者形成的性質不同，所能享有的少數權利亦應有異。例如少數民族有要求自治的權利，少數族群則不可，因為他們是自願放棄原有的文化身份，移

(Oxford: Clarendon Press,1995). 為方便見，其後引用本書時，頁碼將直接附於文中。

* Kymllicka, *Liberalism, Community and Culture* (Oxford: Clarendon Press, 1989). 金里卡亦編了一本相當出色的書，*The Rights of Minority Culture* (Oxford: Oxford University Press, 1995)，內收不少重要文章。

民到另一個國家，理應主動融入及適應新的文化。由此可見，金里卡不打算簡化問題的複雜性，然後提出一套適用於所有社群的少數群體權利。相反，他嘗試提供一張權利的清單，視乎弱勢社群情況的不同，而賦予不同的權利。在這張清單中，至少有三類不同形式的群體權利。

第一類是自治權 (self-government rights)，只適用於多元民族國家中的少數民族，最普遍的形式是聯邦制。例如加拿大的魁北克省。為保障當地法裔文化(超過80%是法裔人口)，該省可在教育、語言、文化以至移民政策等方面享有高度的自治權。(頁28)

第二類是多元族群的權利 (polyethnic rights)，特別為少數族群移民及宗教團體而設，包括政府資助少數族裔的文化藝術活動，為尊重他們的宗教傳統，法例上豁免一些對他們不利的規定，例如法國的穆斯林女學生可戴頭巾上學，加拿大的錫克教徒無需戴頭盔駕駛電單車等。須留意的是，這些權利的目的是鼓勵弱勢族群能更容易融入主流社會，而非鼓吹自治。

第三類是特別代表制的權利 (special representation rights)，既適用於少數民族，亦適用於少數族群，透過重畫選區、比例代表制或保留一定議會席位予少數群體的方法，確保在政治決策過程中，弱勢團體的聲音得到充分反映。金里卡特別強調，和前兩類權利相比，特別代表制只是暫時性的，一旦對少數團體的壓制及不公平的情況消除，該等權利便再無存在的必要。

很多自由主義者擔心，給予少數民族及族群集體

性權利 (collective rights)，即形同肯定社群價值優先於個人權利，當兩者發生衝突時，社群往往會以保護傳統文化、宗教信仰或其他集體利益之名，壓制個人自由與犧牲個人權利。金里卡承認有此種危險存在，但他認為一旦區分及釐清集體權利有內部限制和外部保護兩種意含，便無需擔心。前者指的是為保障社群的穩定及利益，因而限制社群內異議分子的自由，禁止他們質疑及挑戰傳統權威與習俗。外部保護則是為了使弱勢群體免受外面主流社會的衝擊，威脅其文化結構，以至令他們能有平等機會追求自主的生活。(頁35–38)

金里卡承認有些少數群體會既要求外部保護，例如自治權，特別代表權等，同時要求對族群中成員的行動作出內部限制。但他指出，自由主義不應接受任何違反個人權利的內部限制，但可以容許外部保護，並相信其和個人權利不僅沒有必然衝突，自由主義更能為此提供哲學上的證立。在書中最重要的第五及第六章，金里卡分別提出了個人自主和社會平等兩個論證。

讓我們先談第一個論證。金里卡認為，自由主義最基本的信念，是對個人自主的肯定，即容許人們有最大的自由，選擇自己認為最值得過的生活，並容許人們對現在所持的價值進行反省、修正甚至放棄的自由。* (頁80) 自主之所以可貴，是因為它是追求任何一種美好生活的先決條件。具體點說，實現美好人生需要兩個前提。一、那些人生價值必須是我們真心誠

---

* 　金里卡對自由主義更詳細的闡述，可參考 *Liberalism, Community and Culture*, Chapter 2.

意接受，而非外力強加於己身；二、我們必須具備基本的能力，能對社會中不同的價值觀點，自由作出的反思和質疑。

金里卡接着指出，要保證個人能作出明智及有意義的選擇，除了上述兩個條件外，更需要一個穩定的「社會性文化」。這裏所指的社會性文化，有其特定意涵。「它涵蓋公共及私人領域，包括社交、教育、宗教、娛樂及經濟生活，並為其成員提供種種有意義的生活方式。」(頁76) 而且這類文化的成員會使用同一語言及分享該文化的共同歷史。

社會性文化之所以重要，是因為我們總是活在某一特定的社會文化之下，與其他成員分享同一傳統與歷史。我們的視野、生活中可供的選擇及其意義，端賴該社會性文化而定。「簡言之，自由意味着在不同的選擇中間作出抉擇，而我們的社會性文化不僅提供這些選擇，而且令其變得對我們有意義。」(頁83) 此外，金里卡亦強調，一個人的文化身份並非如一般人想像中如此容易轉換或替代，而特定的社會性文化對個人認同亦有十分重要的影響。如果一個文化得不到人們尊重，活在其中的成員的尊嚴亦將受到威脅。

至此，金里卡已將個人自主及社會性文化聯結起來，後者成為前者的先決條件。金里卡繼而指出，如果重視個人自由及身份認同，便須重視少數民族的社會性文化。而為了使他們的文化免受主流文化的侵襲，政府便有理由給予少數民族適當的少數權利。值得留意的是，金里卡這個論證只適用於少數民族，因

為只有少數民族才有清楚獨立的社會性文化。

　驟眼看來，金里卡的論證有點類近社群主義，但其實完全是個人主義式的。金里卡贊成少數權利，並非像泰勒那樣認為是基於社群的共同價值，而是由於它是實現個人自主的重要條件。這亦解釋了金里卡為何堅決反對任何引致「內部限制」的權利訴求，因為這會與自由主義強調的個人自由的優先性不相容。

　在書中第六章，金里卡提出第二個論證，即平等論證。金里卡認為，少數群體的文化在一個國家中常常處於不公平的弱勢位置，例如主流社會大多數人的政治、經濟決定常常會損害他們的文化結構。更重要的是，在一個多元民族的國家，政府在官方語言、政治邊界、公眾假期、權力分配等方面根本無法中立，亦必然會對少數民族文化構成結構性的不平等。因此，為了使不同文化具有同等的生存機會，給予少數民族自治權、特別代表權、語言權等，本身便是正義的要求。闡述完上述兩個論證後，金里卡便開始討論如果某些少數民族文化與自由主義的價值理念相衝突，又或其他價值凌駕於個人自治之上，自由主義的寬容限度的問題，例如當某些文化限制成員的信仰自由或阻止女性受教育的機會時，自由主義該採何種立場。

　對此，金里卡的態度毫不含糊。他堅持傳統自由主義對個人自治的肯定，認為任何違反自治原則、良心自由以至公民權利的團體，都是原則上不容許的，雖然在具體實踐上，他贊成群體之間尋求對話以解決

衝突，傾向以和平或溫和的方式將非自由的少數群體自由化 (liberalized)。

　　金里卡本書論證嚴密清晰，文筆簡易流暢，再加上大量的現代及歷史例子，使本書可讀性十分強，亦成為近年討論文化多元主義中為自由主義辯護的一個重要代表。整本書的重點，是金里卡嘗試從個人自主來論證少數民族權利 (Minority rights) 的合理性。但我卻認為高揚個人自主，儘管能為這些特殊權利提供證成，在實踐上卻可能與目標背道而馳，甚至使很多少數民族文化瓦解。

　　第一，即使我們同意社會文性化 (societal culture) 是個人自主的先決條件，但這並不表示個人自主與身份認同只能繫於某個固定文化之中。金里卡對於文化的理解，基本上採取了一種靜態的觀點，但這與事實不符。以金里卡常引的美國及加拿大為例，不同的少數民族並非互相隔離，獨自過活。相反，不同文化之間有許多的交流，互相改變。一個自治的人，亦無需囿於一己文化所提供的選擇。他大可從不同文化中吸取養料，從而追求更加適合他的生活。*

　　金里卡對此的回應，是認為雖然文化交流會導致一個文化的特徵改變，例如價值觀、習俗、宗教信仰等，但本身的文化結構卻始終不會變，或很難改變。這裏的文化結構，指的是某個文化的共同語言、歷史等。為個人自主提供選擇背景的，是文化結構，而非

---

* 　相關觀點可參 Jeremy Waldron, "Minority Culture and the Cosmopolitan Alternative" in *The Rights of Minority Culture*, pp. 93–122.

文化特徵。如果這個區分成立，則文化結構便便非個人可以隨便改變或自由選擇的。

　　但金里卡這個區分，頗為隨意，因為文化特徵的改變，最後很可能引致文化結構的轉變。設想一個傳統的民族文化，經過現代化的衝擊，徹底放棄了原來的宗教信仰及價值觀念，儘管這個文化的語言及歷史沒有大的改變，但是否仍能說其文化結構依舊，提供的價值選擇及個人身份認同的條件沒有改變呢？而且金里卡也承認，對一個文化社群的認同，除了客觀的語言、歷史外，更要有主觀的認同，而這正正包括對該文化的價值、信仰等。* 所以，重視個人自主和維持一個穩定的文化結構並沒有必然關係。況且，一個文化的改變，也不必然對個人自主有所損害。

　　第二，金里卡宣稱自由主義反對任何的內部限制，只容許外部保護。但這兩者的界線並非如此清楚，甚至當國家給予少數團體某類特殊的「外部保護」權時，同時亦為其「內部限制」製造了理由。例如為保護某少數民族的文化結構，政府於是給予其語言權，規定小學只準用該文化的母語教學。但如果該個國家的主流語言是英語，而愈早學英語，對將來的個人發展便愈有優勢時，該文化是否容許家長自由選擇，將子女送往英語學校？** 答案若否，便違反了個人選擇自由的權利，變成內部限制。答案若是，則可以

---

* 　Kymlicka, *Liberalism, Community and Culture*, p.179.

** 　當然，這裏得假定該文化並非完全獨立於主流文化，家長可以容易接觸英語學校。

預見，幾代過後，該少數民族的文化結構會慢慢瓦解。

由此可見，雖然金里卡從自由選擇推導出保護社會性文化的必要，但外部保護與內部限制往往是一塊銀幣的兩面。金里卡看不到如果他要堅持自由原則的優先性，並拒絕內部限制，那麼這將會和保護某個文化結構之間，產生難以調和的矛盾。

最後要指出的是，按照金里卡的構想，自由主義所能包容的文化社群其實不多，因為任何違反自治原則的集體權利，自由主義都不允許。換言之，只有那些已經「自由化」了的文化，才有條件被賦予少數民族權利。但很多弱勢群體正因為不認同自由主義將個人自治放在最高的位置，才努力爭取這些權利，例如為保護某些宗教文化，教會要求內部限制成員的宗教自由等。對於這些群體，金里卡的建議不僅保護不了他們的社會性文化，反會有相反效果。如果以上分析成立，那麼泰勒對自由主義的批評，便有相當道理，即重視個人自主和維持民族文化之間，的確存在相當大的張力。如何化解這種張力，在理論和實踐上，都有相當大的迫切性。

26 從中國文化到現代性

石元康的《從中國文化到現代性：典範轉移？》從書名看來，好像問了一個問題，即從中國文化到現代性，到底是否正在經歷一種如庫恩 (Thomas Kuhn) 在談科學革命的結構時所提出的典範轉移。* 閱畢全書，讀者會發覺，石元康的答案是相當肯定的。甚或可以說，全書的主旨，正在於着力揭示：中國傳統文化的核心價值與現代性的基本理念並不相容。

石元康的觀點深受黑格爾與麥肯泰爾 (Alasdair MacIntyre) 的思想影響，認為哲學的主要目的，是將時代精神把握在思想之中。因此，哲學家的工作，便是嘗試理解其身處時代的根本問題。石元康認為，從鴉片戰爭以來，中國面對的最大問題，是如何走向現代化。而在現代化過程中，我們實有必要對西方現代性的內容和特質，以及中國傳統文化的性質，作出深入探討，並了解兩個文化相遇時可能產生甚麼問題。石元康整本書的工作，是嘗試用一種比較哲學的進路，對上述問題作出討論。作者通常先分析西方現代性的特質，然後再將其與儒家文化的某個面向作出比較，從而彰顯兩者的不同。簡言之，他認為現代性最主要的特徵是非政治化的經濟 (de-politicized

---

* 石元康，《從中國文化到現代性：典範轉移？》(台北：東大圖書公司，1998)。

economy)，非倫理化的政治 (de-ethicized politics)，非宗教化的倫理 (de-religionized ethics)。而這三種特徵卻與儒家文化的核心理念有着本質上的差異。

先以倫理為例。石元康指出，現代社會的道德觀是一種「規則的道德觀」(morality of rules)，古代社會強調的則是一種「德性的道德觀」(morality of virtues)。前者認為，道德活動最重要的是遵守原則，只要一個人不違反道德規則，便盡了他的本份。至於個人道德修養以及德性的培育，則被縮減到只是一種對道德原則的服從的性向。這種道德觀涵蘊了兩點對道德的基本看法。其一是道德的工具化，道德規範只被視為對自利者在資本主義社會追求個人利益的一種限制，本身並沒內在價值。其二是道德淪為一種技術性的知識，只強調建立客觀的決定程序，個人在具體道德處境所要求的實踐性知識完全被忽略。

相應於這種現代道德觀，是以亞里士多德為代表的古典德性倫理觀。這種道德觀主張，「道德問題並非僅限於人與人之間有利益衝突時才發生的。道德的主要功能是告訴我們怎樣的人生才是一個美滿的人生。道德實踐是追尋美滿人生的一種不能間斷的活動。」(頁113) 很顯然，這種目的論式的道德觀，強調德性培養與道德活動是人的終極幸福的必要條件，因此道德本身就是目的，而且要求道德主體不僅要掌握道德規則，更要在生活中將道德實踐內化成習慣。

石元康繼而指出，中國儒家的倫理觀並非現代式的道德觀，因為孔孟荀的思想，皆非以嚴謹的、普

遍性的道德律則的形式出現，例如《論語》中孔子論仁，便因應不同人不同環境而作出相應的詮釋，而非以普遍性形式給出確切的定義。其次，儒家作為成德之學，顯然不是視道德為工具性價值，而是人的道德人格的培養，例如荀子所說的「君子之學也，以美其身」，又或《大學》中所說的「德潤身」，便是這種理想。

如果石元康的觀點成立，有兩點值得注意。一、儒家道德觀不僅不能為中國現代化提供基礎，其基本價值更與現代性道德觀不相容。就此而言，儒家倫理所能做的貢獻，至多只能是提出一套與現代社會完全不同的倫理觀，但卻不可能作為現代社會的道德基礎。而當代新儒家所提的從儒家傳統開出民主的看法，便更不可能成立，因為兩者在本質上是不相容的。二、如果儒家倫理類近於亞里士多德的德性倫理觀，那麼新儒家以啟蒙運動哲學家康德的理論框架來理解儒家傳統，便配錯了對，走錯了方向。

石元康又指出，現代社會另一特徵是非政治化的經濟，即經濟領域從政治中分離出來。經濟活動主要由市場的供求關係來調節，政府的功能是制定及確保人們進行交易活動時的規則。但儒家倫理觀衍生出但仍然反對把攫取財富做為人生的目標來的重本抑末的經濟政策，亦與這種經濟觀不相容。資本主義社會是個市場式、契約式的社會，每個人都被設想為經濟人，唯一關心的，是如何令自己的欲望得到最大滿足。正如韋伯所說，謀利被視為道德上值得讚許的行

為，大部分現代人亦視謀利為人生最重要的目標。石元康繼而指出，儒家雖然不反對人謀利，但卻反對把攫取財富作為人生的目標，因為這非君子的最高追求。正因為此，商人在中國的地位一直不高，而自漢以來，重本抑末更成為儒家重要的經濟政策。這種措施使得資本主義難以在中國萌芽，無法成為一個真正的工商業社會。而在不同華人社會中，把重本抑末這種思想揚棄得越多的地方，現代化也越成功。

經過上述分析，石元康認為從中國文化到現代性，其實是價值上的典範轉移，因為兩者的核心價值並不相容。在這裏，石元康同意麥肯泰爾的說法，認為每個傳統都有其核心價值，而這些核心部分正是構成一個傳統之所以為一傳統，並有別於其他傳統的原因。換言之，中國要實行現代化，便不得不揚棄儒家傳統。儒家文化在中國現代化進程中，基本上沒有甚麼位置。首先，它不可能取代現代倫理觀，因為我們不能也不願意回到前現代社會。它更不能與現代倫理互補，因為它們的核心價值不僅不相容，而且互相衝突，中體西用或西體中用都不可行。既然如此，中國現代化似乎只有重行西方走過的路，儒家文化注定走向沒落。

當代新儒家不會接受這種說法，他們認同中國應積極走向現代化，但同時強調儒家價值不僅與現代性相容，且能對西方現代化所產生的問題作出積極回應。要使這種說法成立，便須回應石元康提出的挑戰。例如儒家作為一種德性倫理觀，如何能夠與現代

性強調的規則倫理觀相容？現代性的出現，在西方是個革命性的事件，它是一整套規劃，在倫理、政治、經濟、教育各個層面，都和前現代社會有深刻的割裂。如果儒家在對自我、人生基本價值、以至個人與國家的關係等方面均與現代性有根本衝突，新儒家如何令兩者兼容？或有人會說，正因為如此，我們才要對儒家傳統作一創造性轉化。問題卻在於，轉化的基礎在哪裏？如果轉化是以現代化為目標，那麼轉化後的儒家，會否放棄了原來的的核心價值？石元康此書的最大價值，正在於能從哲學的層面，對兩種文化的基本特質作細緻分析，並嘗試運用西方現代性的理論框架，對中國傳統文化作出審察。而他的結論，則對新儒家的基本立場提出了挑戰。新儒家若要對此作出有效回應，似乎須先對現代性作一深入探究，然後才能為儒家在現代世界找到一個適當定位。

但讀者會問，這是否代表現代性價值較儒家傳統優越？石元康在這方面相當審慎，因為這牽涉到兩個傳統相遇時，所產生的相對主義的問題。如果兩個傳統各有判斷優劣的標準，而且這些標準之上沒有更高的共同比較的標準，那麼如何如何比較兩個文化的核心價值便非易事。與此同時，石元康本人卻對現代社會持批判態度。如他所說，「儒家的倫理思想，在基本上是非現代性的，但這並不表示它有甚麼不好。現代的倫理觀，有它本身不可被克服的限制及致命傷。」(頁106) 石元康認為現代社會難以建立真正的社群生活，人與人之間也只有工具性的，純粹利益的關

係，在價值主觀主義的氛圍下，現代人的生命意義及價值無從確立，社會更有面臨解體的危機。

值得追問的是，如果現代化是中國不得不行，甚至應行的路，但現代社會在價值上卻又並非一可欲的社會，而我們卻又無法回到儒家倫理規範的傳統社會，那麼我們應該用甚麼態度去面對中國的現代化進程？石元康在這裏面對一種兩難的局面。或許，如果我們樂觀一點，可以這樣說：現代性和自由主義雖然有許多不足，但卻也帶來了很多進步，而現代性本身仍然有足夠的知性資源去應付各種挑戰。而作為一套整體性的倫理和政治觀，儒家雖然不能作為自由民主社會的基石，卻可以在生活很多方面對現代社會作出反思，並提供異於西方現代性的另一種想像。石元康或許會對此有所保留。但人類歷史總是動態地發展，觀念本身亦非一成不變，而中國的現代化計劃，仍有很長一段路要走。最後會出現怎樣的一幅圖像，參與其中的行動者，多少可以發揮作用。

27 個人自主與意義人生
——哈佛學生的兩難

　　「我應該如何生活，成為怎樣的一個人，我的人生才有意義？」這是每個人都會問的「意義問題」(meaning of life)。如果我們認真對待生活，這個問題便尤其重要，因為我們不是自己生命的旁觀者。當下活着的，是「我」的生命，而「我」只可以活一次，「我」沒有理由虛耗或糟蹋自己的人生。一旦意識到這點，意義問題便非可有可無，而是具有反省意識和價值意識的人，必須面對的問題。

　　問題是，甚麼賦予我們人生意義。

　　我們思考這個問題時，往往有某些預設。一、既然我們關注的是活着的意義，那我們首先必須活着，並且在進行一些活動。我們總是在某個特定時空下，追求和實踐某些活動。二、我們必須相信這些活動有重要價值。它們絕非可有可無，又或可以隨時放棄的東西。三、決定這些活動的價值的，是一個更廣闊的意義脈絡。這個脈絡提供一個參照系，讓我們理解和認定，為甚麼這些活動值得追求。四、當我們考慮意義問題時，我們理解自己的生活有某種敍事式的連貫性。我們的過去、現在和將來，是一整體，而不是斷裂和片段式的。如果一秒前的我和一秒後的我，是兩個完全不同的人，我們便難以解釋，一秒後的我為何

要在乎一秒前的我做過甚麼。很多人願意花一生時間去實踐某些活動，正因為他們相信他的一生，是個連續完整的人生。

讓我舉例說明。亞里士多德認為，我們每個人的生活，都有一個終極目的，便是追求幸福。要活得幸福，便要積極參與城邦的政治生活，成為有德性的公民。因為只有透過政治活動，人才能實現作為理性存有的本性。而只有充份實現人的本性，人才能享有幸福。亞里士多德對人性的理解，提供了那樣一個普遍性的意義脈絡，這個脈絡決定了人應該從事甚麼活動。在中世紀的歐洲社會，意義問題則由基督教的教義提供了答案，那便是努力在生活的每個環節，好好實踐神的教導，彰顯神的偉大。而在中國傳統社會，儒家思想則為中國人的理想人生，提供了最基本的規範和指引。這幾個傳統，有個共同特點，便是對於意義問題，皆有一套建基於形而上學、人性觀和宗教觀之上的普遍性說法，並要求每個人依從它們的教導。

這種觀點，去到現代自由主義社會，卻起了根本變化。現代人認為，生命的意義，是個人主觀賦予的，根本不可能有任何客觀普遍性的答案。每個人對於該怎樣活，有自己的選擇。我們應該尊重個體的選擇，因為決定何種生活才有意義的最後仲裁者，是選擇者自己。因此，個人的自主選擇，是決定人生意義的必要和充份條件。在人類歷史上，這是一個非常深刻的有關意義問題的典範式轉移。

在下文，我嘗試分析這種轉變的原因，以及這種

轉變的道德和政治含意，並對這種意義觀提出批評。

　　為甚麼會產生這種轉移？這和自然科學的興起，世界的解魅，宗教的隱退，以至現代人對自身的理解等，有莫大關係。簡單點說，現代社會是個俗世化的多元主義社會。所謂俗世化，並不是說宗教消失了，又或沒有人再相信宗教，而是說信仰本身也成了個人的選擇，成了眾多可能性的一種，再沒有任何必然的絕對權威。* 我們可以選擇相信宗教A，也可以相信宗教B，甚至成為無神論者。我們也不可以強行要求他人和我們相信同一種宗教，因為宗教自由保障了每個公民有信教和脫教的權利。出現這種現象，歸根究底，是自啟蒙運動以降，自然科學逐步取代宗教，成為解釋世界的最高權威。宗教信仰只是安頓個人生命的其中一種方式，而不是唯一的方式。自然科學卻又主張「實然」和「應然」二分，對於價值和意義問題，科學不能提供任何答案。既然這樣，意義問題必須由個人直接面對。

　　在這種背景下，自由社會一個基本原則，是認為在有關靈魂救贖和生命意義的問題上，應該尊重個人選擇——只要這些選擇不對他人造成傷害。國家存在的目的，不是去宣揚某種宗教，又或強加某種人生價值觀於公民身上，而是保障每個公民具有相同的權利，選擇他們認為值得過的生活。既然容許人們有選擇自由，而每個人的性格、信仰、喜好、能力、際遇

---

*　　這個觀點，可見 Charles Taylor, *A Secular Age* (Cambridge, Mass: Harvard University Press, 2007), p.3.

和成長各有不同，則人們必然會作出不同選擇。沒有任何一種宗教或哲學學說，可以壟斷對生命意義的詮釋。生命中各種活動的價值，亦再沒有一個社會廣泛認同的意義脈絡支撐。價值多元主義，遂成為現代社會最顯著的特徵。*

　　這並不是說，生活在前現代社會的人，必然相信同一種宗教，又或接受同一套價值觀。無論在何種社會，總會有異見人士。要點在於，在前現代社會，少數異端也同樣相信，在甚麼構成生命的終極意義的問題上，是可以有普遍性的答案的。他們的爭議，只在於憑甚麼方式去找到答案，以及答案的內容是甚麼。對於人生意義本身的普遍必然性，彼此並沒異議，因為他們分享着類似的認知結構：在價值和道德問題上，是有而且只有一組正確答案，無論這個答案源於上帝、自然律還是人性。但經過數個世紀慘烈的宗教戰爭，現代社會慢慢學會不再視多元為惡，一種要用武力克服和壓制的東西。它不僅容忍多元，而且鼓勵多元。** 它並不強求一致。這才是兩種社會最根本的分別。

　　多元意味着分歧，分歧則意味着衝突。所以，自由社會並非毫無節制地容許人們作出選擇。它依然

---

*　　對於多元主義的分析，可參考 John Rawls, *Political Liberalism* (New York: Columbia University Press, 1993); Charles Larmore, *The Morals of Modernity* (Cambridge: Cambridge University Press, 1996).

**　自由主義傳統中，最早提出宗教寬容的，是洛克。John Locke, *A Letter Concerning Toleration*, ed. John Horton & Susan Mendus (London: Routledge, 1991).

定下一些規則，並要求人們服從。對違反這些規則的人，它也會作出懲罰。最基本的原則是這樣：在行使你的權利的同時，你必須尊重別人相同的權利。只要不違反這條原則，一個人過怎樣的生活，信甚麼宗教，那是個體私人領域的事。* 換言之，人生意義和個人幸福的問題，任由個人作主。這些本來曾由國家管轄的問題，自由主義卻將它們私有化，國家不再過問。

所以，在我們的時代，不同的宗教和生活方式，一如超級市場的貨品，任君選擇。今天可以試這個，明天可以試那個。對於人們的選擇，他人並沒有多少可以質疑的空間。按社會學家韋伯的說法，現代社會是個解魅之後的多神主義世界，對於終極意義的問題，只能由個人的主觀抉擇來定。所以他說：「悠悠千年，我們都專一地歸依基督教倫理宏偉的基本精神，據說不曾有二心；這種專注，已經遮蔽了我們的眼睛；不過，我們文化的命運已經註定，我們將再度清楚地意識到多神才是日常生活的現實。」**

在多元處境中，「因為我選擇，所以它便有意義」，遂成了最直接輕省的對意義問題的回答。問題的關鍵，不再在於選擇了甚麼，而在於選擇本身。最重要的，是個體面對人生各種可能性時，能否作出理性選擇。如果真的作了這樣的選擇，意義問題仿似便

---

* 　穆勒提出的「傷害原則」(Harm Principle) 基本精神也是這樣。
　　J. S. Mill, *On Liberty and Other Writings*, ed. Stefan Collini (Cambridge: Cambridge University Press, 1989), p.13.
** 　韋伯，《學術與政治》，錢永祥編譯（台北：遠流出版，
　　1991），頁137。

告終結。有人認為這是自由社會的墮落，因為這導致價值虛無主義；有人認為這是自由社會的成就，因為它真正解放了個人。我卻認為，這個對意義問題的回答本身便是錯的。

讓我舉個最近的例子，說明這點。在二〇〇八年六月哈佛大學的畢業禮中，校長福斯特 (Drew G. Faust) 向畢業生作了一次意味深長的演講。* 在演講中，她說在過去一年校長任期中，最多學生跑來問她的問題是：為甚麼在我們中間，有那麼多人畢業後，選擇了去華爾街工作？這是事實。據統計，二〇〇七年進入職場的哈佛畢業生，有百分之五十八男生和百分之四十三女生，選擇了財經金融界。這個問題看似有點無稽，因為誰都知道是為了名和利。在華爾街投資銀行工作，可以賺取極高的報酬，享受奢華的生活，更能令同儕艷羨。這不是最理性的選擇嗎？

福斯特卻說，學生之所以不斷追問這個問題，不斷被這個問題困惑，背後有個深層的焦慮：他們不肯定，這樣的生活，會否令他們的人生有意義，會否帶給他們真正的快樂。他們感受到，常人所理解的成功人生，和真正有意義的人生，不一定劃上等號，甚至存在極大張力。他們在乎自己的生命，所以靈魂難安。福斯特實在問對了問題。我曾經被類似問題困擾，在我的教學生涯中，也不斷有學生跑來問我類似問題。**

---

* Drew Faust, "Baccalaureate address to Class of 2008", June 3, 208, http://www.president.harvard.edu/speeches/faust/080603_bacc.html

** 我的經歷，可參考書中另一篇文章〈活在香港：一個人的移民史〉。

為甚麼學生會有那麼大的掙扎？福斯特答得很妙。她說，這部分是哈佛大學的錯。因為學生從進入哈佛那一刻開始，大學便教導學生，說他們是精英中的精英，未來社會的領袖，因此要肩負崇高的責任，對人類有深切關懷，要致力保護環境，改良政治，令世界變得更加美好。哈佛期望培養出來的畢業生，是民主社會中具有批判力，身懷道德感，對社會有承擔的公民。她說：「你們都知道，你們所接受的教育，不僅是令你們有所不同，不僅是為了一己的安逸和滿足，而是令你身處的世界有所不同。」這是哈佛教育的理想。

華爾街代表的，是另一個世界，另一套價值。它是資本主義社會的縮影，也是資本主義精神的極致。投身華爾街的人，最大的目的，是幫自己賺取最大的經濟利益。香港著名時評家林行止先生在最近一篇評論華爾街金融危機的文章中，說了這樣一句話：「金融家 (主要是投資銀行家) 欲在業內出人頭地，最重要的性格是貪婪無厭。」* 類似評論，同樣散見於近期的英美各大報章。但最傳神的，莫過於一九八七年的電影《華爾街》中飾演投機大鱷 Gordon Gekko 的米高德格拉斯 (Michael Douglas) 的一番說話：「貪婪是好的，貪婪是對的，貪婪行得通。貪婪闡明、打通和捕捉了進化精神的本質。」華爾街鼓吹的，正是這種毫無倫理約束的利己主義，信奉的是資本主義弱肉強食

---

*　林行止，〈加強監管銀行活動，防範再生危機善法〉，《信報》，2008年9月17日。

的邏輯。選擇進去的人，要活得成功，很難不將其他價值放在一邊，並令自己完全服膺這套邏輯。

福斯特在演講中，並沒有對華爾街作出明顯的道德批評，但她卻清楚指出，學生面對的兩難，不是單純的職業選擇問題，而是反映了深刻的價值衝突，反映了兩種對美好人生截然不同的理解。華爾街精神和哈佛價值，並不相容。在華爾街金融風暴導致美國和全世界蒙受巨大災難的時刻，福斯特以此為題，顯有所指。畢竟，台下坐着的，很多即將前往華爾街。

受了哈佛四年薰陶，學生既希望不負哈佛的期望，卻又受不住華爾街的引誘，遂只好跑去找他們尊敬的校長，希望這位學養深厚的歷史學家，能夠給他們一些指引。福斯特該如何回答他們？這似乎不難。她大可以直接和學生說：「我們應對哈佛價值有信心，應該約束自己的貪婪，應該選擇活得有意義，而不僅僅是世人眼中的成功。」令人詫異，福斯特的答案不是這樣。她說：

> 我的答案是：未曾試過，你不會知道那條路最好。如果你不曾試過你最想做的工作 (無論那是繪畫，生物或財務)，如果你不曾追求你認為最有意義的東西，你將會後悔。生命悠長，總有時間留給計劃B，但不要從那開始。

福斯特其實沒有回答學生的問題。她並沒有告訴學生，應該選擇那條路。她只是叫學生好好想清楚

自己最想做甚麼，然後便去做。如果學生經過認真思考，然後選擇了去華爾街，福斯特似乎便沒有甚麼可以再說。這個回答，令人困惑。如果福斯特明明知道哈佛價值是好的，明明知道華爾街的生活有所欠缺，為甚麼不直接告訴學生？為甚麼不可以說，哈佛所篤信的價值，雖然未必給人帶來最多財富，卻依然值得追求？作為哈佛校長，福斯特一定有這樣的自信。她不這樣做，並非因為甚麼現實的顧慮，而是相信有其他更高的價值。在演講最後部分，她告訴我們，這個價值，是自由主義尊崇的個人自主。這段說話十分重要，值得詳引：

> 關注自己的生命，反省自己的人生，思考如何活得美好，忖度如何多做善事：這些或許是博雅教育 (liberal arts education) 提供給你們最有價值的東西。博雅教育要求你們有意識地活着。它幫助你們尋找和界定內在於你們所有行動中的意義。它令你們成為自己的分析者和批評者，並循此途使人能主宰自己的生命，以及決定生命的進程。在這種意義上，博雅教育富有自由主義的精神——就像拉丁文中 Liberare 所指——教人得到自由。這些教育，令你們具有實踐自主，發掘意義和作出選擇的可能。擁有一個有意義和快樂人生的最可靠的方法，是投入其中，努力追求。

　　以上這段說話，福斯特為我們勾勒出一個博雅教育的

理想，那便是將人培養成為一個自主的理性選擇者。福斯特似乎要告訴學生：只要你認真反省，好好認識自己，知道甚麼是你生命中最想追求的，那麼無論你作出怎樣的選擇，你的生命都是有意義的。因為，「你的人生的意義，由你來定。」

福斯特這段說話，可以有兩種解讀。第一種認為，個人自主是意義人生的必要和充份條件。第二種認為，個人自主只是意義人生的必要條件，而不是充份條件。我認為，第一種立場不可能成立。第二種立場如果成立，福斯特便不應該只是這樣回答她的學生。

根據第一種解讀，哈佛學生的兩難，根本算不上兩難。只要他們的選擇，是深思熟慮後的決定，那麼最後無論選擇那種生活，都一樣有意義，因為選擇本身涵蘊了意義。這種立場，不僅沒有回答學生的問題，反而將問題消解了。道理很簡單。哈佛畢業生真正的掙扎，是去還是不去華爾街，是過此種或彼種生活，而不是選或不選。他們追問福斯特的，不是「我可以選擇嗎？」，而是「我應該這樣選擇嗎？」要回答這個問題，便須對不同工作的性質和不同的生活方式，進行實質的價值判斷，並將它們比較排序。而比較的標準，正是我們對意義和幸福生活的理解。哈佛學生不會不知道選擇的重要，他們正希望透過選擇，幫自己找到最好最正確的道路。他們深知，他們的選擇可能會錯，也可能對自己和他人造成傷害。因此，自主選擇本身，無論多麼重要，也沒法保證所選的生活便有意義。福斯特不可能持有這種立場。

第二種解讀認為，如果要活得有意義，作出選擇只是其中一個要求。另一個要求，是人們選擇從事的職業和活動，必須是好的和有價值的。這兩個要求，彼此獨立。在這種解讀下，福斯特的教誨便變成：學會主宰自己，學會明智選擇吧。至於你們最後選擇的活動的好壞對錯，那不是博雅教育所能告訴你們的。

問題是，為甚麼博雅教育不能告訴我們？那不正是學生最渴望知道的嗎？

福斯特對此可以有消極和積極兩種回應。消極回應認為，我們活在一個多元社會，何種生活最有意義，皆由個人主觀決定，其他人沒有基礎對一個人的選擇作出評斷。因此，大學只可以培養學生選擇的能力，卻不應教導學生該過怎樣的生活，培養甚麼德性，選擇甚麼職業等。這是一種近乎價值主觀主義的立場。這個立場不能成立，理由有三。一、如果主觀主義為真，那福斯特便無法為哈佛那套植根於深厚傳統的人文價值辯護，更難以聲稱這些價值就像「北極星」那樣指引學生的方向。二、學生之所以面對選擇的兩難，正因為他們相信選擇客觀上有好壞對錯可言。如果所有選擇都是個人的主觀喜好，那價值兩難的問題，一開始便不存在。三、如果主觀主義為真，那便無法解釋，為何個人自主是個普遍性的道德理想。

積極回應則認為，尊重學生的選擇，既非由於價值主觀，亦非由於多元主義，而是出於對人的尊重：尊重人作為擁有自我反省意識，並能夠對行動負起責任的價值主體這一事實。人的自主選擇能力，令人成

為自由人，並構成人最重要的身份。我相信這個才是福斯特的真正立場。這立場令她既能肯定哈佛價值，同時又容許她尊重學生的選擇。她甚至可以說，這種對人的自主性的尊重，是哈佛價值中的價值，博雅教育中的精粹。

我認同這個自由主義的立場，但卻不同意它必然會推出福斯特演講中隱含的結論，即博雅教育應在何謂意義人生的實質討論中，保持中立。道理不難理解。一個有意義的人生，端賴兩個條件。一、我必須自主地選擇我的人生道路；二、我選擇的道路，必須能夠為我的生活帶來意義和幸福。

要滿足第一個條件，需要兩個前提。(a) 我必須培養出獨立思考和明辨是非好壞的能力。沒有這種能力，即使我有選擇自由，也不知道如何作出正確的選擇。(b) 在我身處的社會文化，必須要有足夠多而且好的生活選擇。如果社會中只有某種強勢價值，而且壟斷了不同活動的意義的詮釋權，那麼我們可以選擇的空間便十分少。而要滿足第二個條件，我們必須對甚麼構成意義和幸福人生，有深刻認識。這也許是最困難的部分。例如我們需要體察人性，了解人的需要和限制，清楚文化傳統對我們的影響，知道群體生活所需的倫理規範，以至把握各種價值判斷背後的意義脈絡。

至此，我們見到，要實現這兩個條件，簡單地給予人們消極的選擇自由並不足夠。現代人似乎愈自由，便愈迷失，愈覺得意義問題無從說起。今天社會

瀰漫着的虛無主義和縱慾主義，多少說明這點。面對這種情況，博雅教育可以起到重要作用。但博雅教育要做的，不應只是鼓勵學生勇於選擇，同時更要提供足夠的文化和倫理資源，讓學生學會作出好的和對的選擇。要做到這點，大學要有持續的知性對話，包括和傳統對話，和經典對話，和不同文化宗教對話，和時代對話，從而讓學生知道如何判斷不同活動和價值觀的好壞對錯。也只有這樣，我們才有望對資本主義的意識形態作出批判，開拓出更多對美好生活的想像。

　　大學不是國家，而是公民社會重要的組成部分，它有它的使命和角色，不可能也不必價值中立。一所優秀大學的基本格調，是堅守某些人類價值，保持對主流建制的批判性，並在最廣泛的意義上，促進人類福祉。所以，如果華爾街精神和哈佛價值並不相容，而大部分畢業生選擇了前者，這意味着哈佛教育面臨危機，因為它的教育理念難以抗衡華爾街的衝擊。面對這種情況，簡單地重申個人自主的重要，不僅蒼白無力，而且等於從價值論爭的戰場完全撤退。對哈佛學生來說，個人自主和華爾街精神之間，並沒必然衝突。真正的衝突，是哈佛價值承載的對美好人生和公正社會的理解，難以和華爾街承載的資本主義精神協調。所以，哈佛人可以做的，是奮起迎戰，好好捍衛哈佛理想，並指出華爾街精神的錯誤。否則，當有一天哈佛學生不再感受到選擇的兩難，也沒有人再去找福斯特求教時，華爾街便已徹底征服哈佛。這並非危言聳聽，甚至早已出現在香港和中國很多優秀大學之

中。這些最好的大學中最好的學生，很多同樣以華爾街精神為他們最高的人生追求。他們的不同——不知是幸或不幸——只在於他們較少哈佛學生的掙扎。

對我的觀點，可能有兩種反駁。第一，這會否導致教育上的家長主義。答案是不會，因為上述第一個條件，已保證了每個人的選擇自由。自由平等的公民，在公共領域就種種價值問題進行討論，訴諸的是理由，而不是暴力，沒有人可以強迫一個人接受他不認同的信念。當然，哈佛作為一個機構，它的理念必然反映在課程及教育各個層面。但這不僅不可避免，也是大學教育應有之義，只要這些理念經過充份論證和得到大學社群的廣泛認同。

第二，這些有關價值的討論，會否沒完沒了，注定沒有結果？誠然，在現代處境下，任何有關價值的理性討論，皆異常艱難，甚至有導致價值懷疑主義和虛無主義的危險。但我們不必過度悲觀，一早認定所有理性討論皆注定徒勞。即使在多元社會，我們依然可以憑藉我們的價值理性，並在共享的傳統和文化上，對各種倫理問題作出合理判斷。而且我們不得不如此，因為人既不能沒有意義而活，也離不開價值去理解自身和理解世界。如果我們不相信人的理性能力，那麼在面對重大價值爭議時，人們要麼訴諸外在權威，要麼任由赤裸裸的權力來定對錯。很明顯，兩者皆不可取。

博雅教育的重要性，於此尤見。

28 童年往事

近讀高爾泰的《尋找家園》，談到他的兒時趣事，竟勾起我的一些瑣碎的童年記憶。活到這個年紀，我漸漸覺得，如果人生如畫，那麼一個人的童年，便是畫中那層底色。底色自是重要的，但我們畫的時候，往往並不知道，只是率性下筆。待到得明瞭，底色早已斑駁，並被一層又一層後加的顏色掩蓋，教人欲辨難辨。

我七歲開始上學讀書識字。學校原址是座上帝廟，所以叫上帝廟小學。學校在山上，正門有兩棵大榕樹，樹身要好幾個人才能合抱。兩棵樹不斷向外伸展，將整個操場都覆蓋了。我們的村，叫榕木水，或許是水邊生有很多榕樹之故。那時沒早餐的概念，母親為哄我上學，會炒些小黃豆，讓我肚子餓時吃。學校離家，有一段路，要穿過阡陌跨過山坡。我邊行邊吃，待到得學校，袋裏的黃豆也便空了。

第一天上學，有體育課，心茫然，因為從來沒聽過「體育」這個詞，不知是甚麼東西，只曉得跟着別人跑。姐後來告訴我，我出生不久，已經身在上帝廟，因為她必須每天揹着我去上學。而我極頑劣，常常大哭，迫她陪我到課室外面玩。那時也有勞動課。記得校園種了一大片蓖麻，一種類似芝麻的植物，可

以用來榨油。有一次，學校要我們每人負責檢一千粒。對我來說，這是個大挑戰。很多同學馬虎了事，我卻蹲在校園一角，一粒一粒認真地檢，一粒一粒認真地數。待到數完，已是一個下午，腰酸背痛，然後才發覺一千粒加起來，不過大半碗而已。那是平生第一次完成別人交給我的任務。

那時，讀書是苦事。不用上學的日子，才最快活。我最喜歡的，是捕魚。我們村前有條河，蜿蜿蜒蜒，繞着群山流。河不大，水亦不深。河邊有竹有樹，還有青石板造的小橋。我父親捕魚，在村裏很有名。但父親在外工作，週末才能回家。於是每逢週末的黃昏，我便早早到村口極目靜候。常常，父親騎着車，從遠處的山路過來，時隱時現，初時一小點，漸行漸近。待到得跟前，我總有大歡喜，因為快樂的日子又到了。

最直接的捕魚方法，是用釣，並以蚯蚓作餌。蚯蚓易找，隨便往地下一掘，要多少有多少。家裏有釣數十桿，我們沿着河，一桿一桿的下。全都下完後，長長一段河，便是我們的天下。黃昏時分，水靜靜的流，村人荷鋤牽牛歸。夜幕低垂，群山默默。阡陌間有人在挑水，間或有小孩的哭聲黑狗的吠聲。我和父親心無旁騖，緊緊盯着魚桿。釣魚最大的學問，是要懂得何處下釣何時起釣。父親來回走動，利落地揮着魚桿，魚筐中的魚便多起來。我跟在父親身後，幫着上餌取魚，興奮難言。

除了用釣，亦可以用網捉，又或在大雨過後，到

河邊魚兒聚集的下水處，直接用魚兜來捕。父親有另一門絕技，是用秘製的魚餌去捉塘虱魚。那一定得在晚上進行，因為父親不想別人偷師。方法是在河邊裝上一個個只能進不能出的小魚袋，然後灑出魚餌，魚便會聞味而至。一晚下來，好景的話，可以捉得十來斤。父親後來常說，小時候沒吃的，全靠這塘虱將我養大。

但對我來說，最花力氣卻有最大滿足感的，是自個將田野間的某個水窪堵起來，又或將某段小溪截斷，然後用木盤，將水一下一下往外撥。待到水乾，裏面的小魚小泥鰍小螃蟹等自可一網打盡。那是另一種快樂——尤其是水愈來愈少，魚在窪中慌張跳動的時刻。

夏日晚飯過後，父親常常會帶我到河邊，教我游泳。水微暖，天上滿星星，田野中盈溢着蛙叫蟲鳴。父親耐心地用手托着我，一次又一次，直到我可以獨立地游。父親後來告訴我，那麼小就教我游泳，因為只有這樣，才不會怕我被水淹。

除了捉魚，還有打鳥。每逢冬天，北鳥南飛，一群一群，棲息在林中。父親晚上帶着氣槍，提着手電筒，聯同堂兄，將那熟睡的小鳥，一槍一隻的打下來。那時我還小，只有看的份兒，以及第二天起來吃那美味的「雀仔」粥。我自己打鳥的方法，是用木製的彈弓，收穫自然少得多。

那時還有很多說不清的玩意。農村小孩雖然沒有玩具，卻有各種各樣的遊戲。幾粒石子，兩根木棍，

一塊小布，甚至在地上畫一個「飛機大海」，都可以變出不同玩法。當然，全村的孩子一起在村中捉迷藏，是最刺激的集體遊戲。那時家裏窮，一個星期才能吃上一次白飯，一年才能出縣城逛一次街，很久才可以擔着小木凳去曬穀場看一次流動電影，村裏也未有電力供應，但我活得快樂。即使家裏被劃為地主成份和父親被打為右派，年幼的我也沒甚麼大感受。只有間或被人叫「地主仔」的時候，我才會感到屈辱，才會奮起和人打架。

讀完一年級上學期，我的成績很差，印象中數學只考得十五分。父親見不是辦法，決定送我到姑媽處讀書。姑媽在另一個縣偏遠的水庫工作，叫長坡水庫，離我家有六十多公里。父親騎車送我去，山路難行，早上出發，黃昏才能到。一天跋涉，父親倦極，要我幫他捶背才能入睡。第二天天未亮，父親便得走。他一手推着車，一手拖着我，默默地行，只有車輪輾地的沙沙聲，和水庫吹來的微涼的風。間或父親吩咐我兩句，我只懂點頭，想哭，卻不敢讓他知道；一直的行，一直的忍，然後看他上車，看他遠去，眼淚才掉下來。父親很久才能來探我一次，每次都是這樣不捨，所以印象特深。

水庫，其實是個美麗的大湖。湖水深綠清湛，四周是幽幽的山巒，一層一層，高低起伏，是一幅水墨畫。水庫在山上，有條很長的大壩，壩上大大的刻着「為人民服務」五個大字，很遠很遠也看得見。壩下是長坡鎮，鎮只有一條街，幾間商店，一所郵局，一

間小書店，一座破旅館，安安靜靜與世無爭。

姑丈是水庫的工程師，因此我們住得不錯。我們的房子，推門便見青山。房子的設計，也很特別。那是一個一廳三房的平房，屋中有個小天井。屋前有小庭，庭上有架，種了兩棵葡萄。夏天一到，便一串串紅紅的垂下來。屋的周圍種滿了花，主要是菊花和玫瑰。每天晚飯過後洗完碗，我便提水澆花。玫瑰雖美，總不及菊花生得茁壯。尤其秋菊盛放時，年紀小小的我，也曉得花前駐足，細意欣賞。待花開盡，採下來，曬乾，便成了菊花茶。「採菊東籬下，悠然見南山」，是後來才讀到的。

我們在屋前屋後也種了不少果樹，有龍眼荔枝香蕉木瓜，還有一小片甘蔗。最記得的，是每逢香蕉成熟時，總忍不住天天跑去細瞧哪梳已經變黃。有時等不及，青青的便摘下來，埋在木糠中，催它早熟──黃是黃了，味道卻不好。農場也種了大片大片的芒果。春天芒果樹開花，惹來漫山蜜蜂。待到收成季節，天天爬樹偷摘，更有無窮樂趣。離家不遠處，我們有一畦菜田，按時令種上不同的蔬菜，還有豆角，絲瓜，和鮮紅的辣椒。每天吃的，都是菜園裏自己種的。

在姑媽家，要做家務，做飯洗碗澆花灌菜都得做。最難忘的，是煮飯。那時沒有電飯鍋，也甚少用乾柴，主要是用木糠，大抵貪其便宜吧。但木糠不易燃，多煙，每次都得費力地用竹筒吹火，常常弄得手黑面黑，薰得眼淚直流。有次姐去探我，我正在弄飯，一臉汗一臉塵的。她甫一見我，哇的一聲便哭了。

我讀的學校，叫長征小學。學校在山腳的小鎮邊，由家裏去，頗遠一段路，還要穿過一大片陰沉沉的橡膠樹林。那一片樹林，流傳着不同的鬼怪傳說。每天天未亮我一個人背着小書包經過，總是心慌慌，腳步急急。第一天上課，又有體育堂，結果將一對新鞋弄丟了。那時每天有一角的早餐錢，我必會跑到學校旁邊一家小食店，買五分錢白粥，五分錢河粉，然後用醬油拌着吃。

那時讀書，從來不憂。課餘總是聯群去水庫暢泳，去樹林檢拾最硬的橡果互相比拚，又或去山溪中捉小蝦，去市集看人變魔術耍雜技。生活充滿樂趣。看電影的機會也多了。水庫沒有電影院，依舊是在周末吃過飯後，提着一張小木凳，去操場看那臨時搭起的電影幕。最喜歡的，是戰爭片。《上甘嶺》、《鐵道游擊隊》、《渡江偵察記》等，百看不厭。最感動我的，是一部叫《一江春水向東流》的老戲。但那時真正令我沉迷的，是連環圖。一本連環圖，只有巴掌般大，上方是圖，下方是字，甚麼故事都有。我的至愛，是《三國演義》，尤其是常山趙子龍百萬軍中救阿斗那一幕，真是看得我目定口呆，如痴如醉。那時沒錢買書，鎮上卻有書攤，連環圖一本一本掛着，二分錢看一本。每逢中午，樹蔭下，我常常和其他小朋友一起，擠在小長凳上，安安靜靜進入書的世界。

往事已矣！

我是直到現在，在香港這個石屎森林活了那麼多年，緩緩回首，才開始體會當年那一層不經意着下的

翠綠底色，是如此明淨動人。

　　二十多年後，故鄉的小河，河道早已淤塞，河水早已污染。青山依舊在，村裏剩下的，只有那不多的幾個老人，寂守着空蕩蕩的老屋，和那荒蕪多時的良田。年青力壯的，早已外出打工，或乾脆搬到城裏。水庫成了旅遊地，當年的家早已不在。最觸目的，是那座倚湖新建的十多層高的豪華渡假酒店，遠遠的睥睨着那被雜草掩蓋，唯仍依稀可見的「為人民服務」五個大字。

相
遇

29 活在香港：一個人的移民史[*]

一

我移民香港，二十二年了。

我是一九八五年六月三十日跨過羅湖橋的。跨過去的時候，並沒想過後來種種。此刻回過頭來，又顯得有點欲說無從。昔日的日記相片書信仍在，多年塵封不動。外面正是十年回歸大慶，我獨坐一室，茫然地整理一己的歷史。

二十世紀八十年代至今，有近百萬新移民從中國來港。這百萬人一離開羅湖，便好像細流入深海，靜默無聲，不知那裏去了。再出現的時候，往往便是報紙頭條的倫常慘劇主角。這並非事出無因。對很多香港人來說，「新移民」一詞幾乎和社會問題同義，常常和家庭暴力、騙取社會保障援助、貧窮落後等關聯在一起，是個不光彩的標記。新移民既是外來者，同時又被視為社會問題製造者，遂背負雙重的道德原

* 本文原載台灣《思想》2007年第6期，其後再刊於《香港傳真》，2008年第2期。在寫作過程中，和梁以文有過許多交流，使我獲益良多。文章發表後，我收到不少讀者的回應和分享，甚至和好些素未謀面的新移民朋友見過面，我在此衷心多謝他們。最後，我要謝謝我的父親。父親讀過文章多次，這或許是我們父子倆，多年來最深入的一次精神交流。文中提及的伯父，在2008年春天去世了。伯父晚年目盲，我們見面時，常會聊起種種舊事。那是教人懷念的時光。

舊日同學合影 (1985)

罪。很多人認為，解決問題的根本之道，在於將新移民盡快改造成香港人，洗去他們舊的次等的不文明的生活方式，接受新的先進的香港人的價值。新移民跨過羅湖橋那一刻，便必須承認自己在身份上低人一等。這份深不見底的自卑，令新移民不願面對過去，更加欠缺勇氣在公共空間述説自己的歷史。而主流社會不僅沒興趣了解新移民的前世今生，甚至有意無意醜化他們的形象，漠視他們面對的種種困難和承受的諸多不義。於是，新移民這一龐大群體，在據説是自由開放的香港，形成了某種集體性消聲。

新移民明明無處不在，卻又彷彿並不存在；明明有話想説，卻又無法可説。這是一個非常奇特的現象，因為香港根本便是個移民社會。一九四九年以

降，歷經幾波大移民潮，目前七百萬人口中，真正稱得上「原住民」的，少之又少。但在這樣一個移民城市，新移民的生存處境和精神狀態，卻甚少在公共領域受到關注。兩年前，我在報紙發表了一篇短文〈像我這樣的一個新移民〉，結果收到很多素不相識的讀者的電話和來信，分享他們的移民故事，情緒熱切而激動。這教我詫異。那一刻，我才知道有多少新移民的鬱結被這個城市壓抑着。他們渴望被聆聽被理解，渴望得到別人的肯認和尊重，卻往往事與願達。

在過去的新移民討論中，經濟考慮是最重要，甚至是唯一的向度，例如新移民對香港人力資源的影響，對社會福利造成的壓力等。政府最關心的，是如何用最有效的方法，使新移民脫胎換骨，成為有利香港經濟發展的勞動力，並減少他們對社會福利的依賴。至於新移民作為有血有肉，有情感有過去的個體，他們在新環境中的實存感受，在精神、文化、家庭、經濟各方面遇到的種種困難，卻往往被忽略漠視。每當有甚麼新移民家庭慘劇出現，媒體要麼視其為個別事件，要麼循例追究一下政府，要求加多幾個社工，增加幾條電話熱線便了事。

一九九九年十二月，林婕，一個品學兼優的新移民女生，不堪在港生活的苦楚，在最美好的十八歲，從高樓一躍而下，死後留下這樣的問題：「我很費解，我到底做錯了甚麼？難道『我來自內地』就是我的罪過嗎？」林婕的死，迫使香港社會作了一點道德懺悔。當時的教育署署長羅范椒芬，寫了一封信給全

港老師，説：「作為土生土長的香港人，我感到十分羞愧；對林婕和她的母親，我有無限的歉意；作為教育署署長，我難以想像林婕所遭受的歧視，竟然發生在教育界、在學校裏。這真是莫大的諷刺。」

林婕用她的生命，打破一池死水，讓香港社會一瞥新移民的艱難。但池水頃刻回復平靜，事件很快便被遺忘，社會並沒任何改變。人們其實並不了解，又或不願意了解，林婕為甚麼要死。香港這樣一個「繁榮安定」的社會，沒法承受置一個年輕新移民於死地這樣一種集體責任。這和東方之珠的想像，實在有太大的認知和情感上的落差。於是，林婕的死，遂被視為極少數不能好好適應香港的特例。而萬萬千千的新移民，早已安安份份完成改造。

一直以來，我也如此相信。以為只是自己改造得不夠快不夠好，才做香港人做得如此吃力。二十年過去，我才開始懂得問，為甚麼過百萬的新移民，會在這個喧嘩的城市失去聲音？為甚麼林婕要選擇死，來表達她對這個城市的憎恨？為甚麼一宗接着一宗的人倫慘劇，總發生在新移民身上？我開始意識到，不應只是問如何改造，而要問為何要這樣改造，改造的代價是甚麼，以及誰去付這些代價。

今天的新移民面對的困境，很多不是我這個老移民所能瞭解的。要解決任何問題，瞭解是第一步。要瞭解，便須讓新移民説出他們的故事，道出他們的心聲。以下所述，是我的移民史。我的經歷，不多也不少，只是我的個人經歷。我對這些經歷的反思，不多

也不少，也只是我個人的反思。當然，我們活在同一城市，個人如何分殊，總有時代的烙印。

二

　　一九八五年六月下旬的某個傍晚，我放學回家，母親說過幾天便要移民香港。我呆了好一會，然後咬着牙，說，我不去。眼淚跟着便掉了下來。

　　我不願意離開故鄉，一個廣東西部偏遠的小縣城，因為我活得快樂。活得快樂，並非因為富有。事實上，家裏一直很窮。我出生農村，父母兩家被劃為地主，父親一九五七年更被打為右派，是新中國家庭成份最差的階級，飽受政治之害。我小時候在農村放牛打魚，後來才出到縣城讀書。我那時在讀中學一年級，既沒考試壓力，也未懂為前途擔憂，一班同學相親相愛，日子過得無憂無慮。我走的時候，辦的是停學手續，而不是退學，因為我相信自己一定會回來。出發那天，全班同學到車站相送，有人送我一瓶從江中打來的水，有人遞我一包學校的泥土。車站擁擠凌亂，我們執手相看淚眼，首次一嘗人生離別苦。

　　我能夠移民香港，是因為父親早在一九八一年來港探望幾十年不見的伯父時留了下來。父親一九五一年加入農業銀行工作，為人能幹正直，在單位受人敬重。他申請探親時，壓根兒沒想過留下來，伯父卻極力挽留。臨返國內前一刻，伯父寫了一首詩給父親：「扁舟飄忽到桃源，車水馬龍別有天。凡心未了留不

住，他朝徒嘆誤仙緣。」伯父認為香港是桃花源般的仙境，希望父親不要回到大陸那樣的人間。幾經掙扎，父親終於放下早已收拾好的行李。我後來才體會到，對父親來說，這是個艱難的抉擇。父親那時正當盛年，工資雖然不高，但事業發展順利，和同事合作愉快，工作帶給他很大的滿足感。選擇留下來，便等於放棄幾十年的事業，在一個新地方從頭開始。而他當時在布匹公司做職員，一個月工資才一千元，減去租金，早已所剩無幾。

　　我出來工作後，父親有次和我說，考慮職業時，一定要選擇有意義，能帶給自己滿足感的工作。這番說話，說來輕描淡寫，卻道盡他的辛酸遺憾。人到中年而選擇離開故土，放棄前半生辛苦累積的工作經驗、地位、社會關係以至事業追求，在不確定的新環境由零開始，代價不可謂不大。不少人認為新移民無論吃多少苦，受到怎樣的對待，也是值得的，甚至應該的，因為即使從事最底層的工作，甚至領取社會援助，收入也較國內高。更重要的，這是他們的選擇，因此沒有資格抱怨。誠然，選擇來的人，必有來的理由。而生活在香港的許多好處，更是毋庸多言。但這並不表示，香港社會可以用任何方式對待新移民，更不表示對於新移民失去甚麼和承受甚麼可以視而不見，因而對他們缺乏基本的理解和尊重。

　　事實上，父親那一輩其實無路可退。他們既不能回到過去，卻又無力在新環境中賦予生活新的意義。他們面對的，是基本的生存問題。唯一的出路，是接

受現實，胼手胝足努力工作，並將所有希望寄託於下一代。他們初到香港，普遍存在強烈的自卑感，自覺處於社會邊緣，而曾經有過的理想和追求，只能壓抑於心底深處，並隨年月流逝而逐漸淡去。第一代新移民的名字，往往是犧牲。

經過二十多年茹苦含辛的工作，我們家裏的經濟環境已大有改善，父親卻已垂垂老去。即使粗心如我，也常常感受到父親的落寞。真正能提起父親興致的，是和他談起昔日國內生活種種，例如年少的輕狂，當年在銀行工作的情況以至農村生活的種種趣事。即使是反右運動和文革時被批鬥的情形，父親回憶起來也津津有味。但我從來沒敢問父親，香港是否是他的桃花源。二○○七年六月三十日，是我來港二十二周年紀念日。那天我們全家坐在一起吃了一頓飯。我問父親，回首過去，可曾後悔移民來港。父親沉默良久，說，看到你們今天活得很好，我不後悔。

嚴格來說，香港沒有為社會貢獻的概念，因為社會只是抽象地指涉單獨的個體在其中追逐利益的場所，本身並非一個實體，更不是休戚相關的社群。人們得到甚麼失去甚麼，一切歸於個人，與社會無關。因此，父親只能說為他的子女付出了多少，卻不能說為香港貢獻了甚麼。家的概念，延伸不到那麼遠。或許正因為此，對於那些辛苦大半生卻老無所依的老人家，我們往往既沒同情之心，亦無虧欠之情。

三

　　未移民之前，我對香港的認識，來自流行文化。那個年頭，香港電視劇剛開始流行，《大地恩情》、《萬水千山總是情》一出場，便風靡一時。但真正教我們着迷的，還數《大俠霍元甲》。當時這套劇是晚上九點播放，而我們學校的自修課卻要九點才完。因此，八時半過後，所有課室便會出奇地安靜，人人收拾好書包文具，蓄勢待發。鐘聲一響，全校幾百人蜂湧而出，以最快速度跑出校園，跨上自行車，在街上橫衝直撞，直奔家裏。沿途聽着葉振棠的主題曲「昏睡百年，國人漸已醒」，趕得到家，剛好正式開始。

　　香港流行曲也開始普及，張明敏、鄧麗君、徐小鳳、許冠傑、林子祥一一登場。那時候，很多同學都有一本歌簿，將自己喜歡的流行曲歌詞抄在上面，彼此交換，下課後一起在走廊引吭高歌，又或躲在課室一角獨自吟唱。音樂課上教的那些革命電影歌曲，早已乏人問津。我班上有位同學的哥哥看準時機，開了一家唱片店，專門從香港買回歌星的最新卡式錄音帶，然後大量翻錄轉售，幾塊錢一盒，在小鎮很受歡迎。

　　但我真正受香港文化「荼毒」的，還數武俠小說。我自小沉迷書本，尤喜小說神話傳奇，小學三、四年級時已將《三國演義》、《封神榜》、《三俠五義》、《大明英烈傳》、《水滸傳》、《鏡花緣》、《東周列國志》等一大堆囫圇吞棗地讀完。那時找書不易，甚麼書都讀。我第一次接觸香港的新派武俠小

説，是梁羽生的《萍蹤俠影錄》。這本書是當時正在追求我大姐的未來姐夫借我看的，我之前對梁羽生一無所知。誰知書一上手，便放不下來。我不眠不休，兩天將書讀完。我至今仍記得，看完後步上天台，眼前暈眩，心中悵惘失落，書中主角張丹楓和雲蕾的影子揮之不去，只想盡情大叫。在我的閱讀史中，那是一個分水嶺。我的近視，也因此加深，當時鎮上卻無眼鏡可配，上課時總看不清楚老師寫些甚麼，結果影響了升中試的成績。

接着下來，我發現一本叫《武林》的月刊，正在連載金庸的《射鵰英雄傳》，更把我弄得心癢難熬。但不知何故，連載幾個月後便停了，而我卻像吸毒者一樣，對武俠小說上了癮，在鎮上四處打探何處有梁羽生和金庸。上了中學，一位同樣是小說迷的高年級同學告訴我，鎮上某處有武俠小說出租，但一定要熟人介紹。出租室有點神秘，屋內黑沉沉的，書架上排滿了金庸、梁羽生、古龍的作品，全是繁體字版，封面用牛皮紙包着。那個年代不如今天開放，出租港台圖書還有顧忌。租書除了十元按金，租金要兩角一天。這是相當貴了。當時租一本連環圖才兩分錢，而我一個月也不過幾元零用錢。但那真是一片新天地。為了省錢，我必須每天看完一本。我於是在最短時間內學會繁體字，也學會蹺課，甚至學會一邊騎車一邊看小說。在別人專心上課時，我偷跑到學校後山的橡樹林，在午後陽光和聒耳蟬聲中，沉醉在俠骨柔情和刀光劍影的世界；在夜闌人靜時，我抱着書偷偷跑到

公共廁所，藉着昏黃微弱的燈光，與郭靖黃蓉楊過小龍女同悲同喜。

金庸和梁羽生的小説，除了功夫愛情，同時呈現了一個價值世界。對是非黑白的堅持，對弱者的同情，對朋友的道義，對承諾的重視，對民族的熱愛，是這些小説不變的主題。當我全情投入小説情節時，也不自覺地接受了背後的價值。可以説，武俠小説除了帶給我無窮樂趣，也無形中影響了我的思想情感。説來有點可笑，我在蹺課中完成了另類的人格教育，而我對此卻毫不知情。

我們是受香港文化影響的第一代。當時雖已開放改革幾年，整個社會仍頗為封閉落後。歷年政治運動磨盡了所有人的理想和熱情，九十年代全面資本主義的時代仍未到來，人人處於精神極度饑渴，卻不知出路在哪的躁動狀態。香港的電視劇、電影、流行曲和文學的傳入，正好滿足了這種需要。香港文化商品最大的特色，是使人歡愉。它沒有甚麼政治道德説教，卻能深深觸動人們的情感。鄧麗君的中國小調，《大地恩情》的鄉土情懷，金庸小説的俠義精神，甚至張明敏的《我是中國人》，着實滋潤了我們的心靈。儘管如此，我對香港並沒多大嚮往。父親去了香港以後，家裏的生活慢慢有了改善，開始有了電風扇，黑白電視和卡式錄音機，我間或也會向同學炫耀一下父親帶回來的斑馬牌原子筆。但很奇怪，我從沒想過要成為香港人。香港彷彿是個遙遠得和我沒有任何關係的世界。

四

　　抵達香港那天，最初迎接我的，是深水埗地鐵站的北河街鴨寮街出口。當年的鴨寮街，和今天一樣熱鬧擠擁，舊攤檔滿地，叫賣聲盈耳。我和媽媽緊緊跟着父親，拖着行李，一步一步在人群中穿過。抬頭上望，只能隱隱見到天空的一抹藍。

　　我們住的地方，是北河街一個單位的板間房。這是一幢非常殘舊的「唐樓」，只有四百多平方尺，住了三戶人家，大家共用一個廚房和廁所。板間房再分為兩層，父母住下層，我住上層，算是個閣樓。閣樓沒有窗，晦暗侷促，人不能站直，得彎着腰才能在茶几上讀書寫字。躺在床上，天花板好像隨時會塌下來。

　　初來的一年，日子難過。我當時有寫日記的習慣。最近重讀，發覺一九八五年七月七日寫下這樣的感受：「離回家還有三百五十八天。今天簡直快要瘋了，真想偷渡回故鄉去。這幾天簡直度日如年。」 *然後是七月八日：「我真後悔自己來香港，現在要我死也願意。」這樣的情緒，整本日記隨處可見。那時打長途電話又貴又不方便，只能和故鄉的朋友通信。生活的最大寄託，便是等信和寫信。郵差每天派信兩次，分別是早上十時和下午四時。我每天起來，臉未洗牙未擦，第一件事便是跑到樓下看信箱。有信，便滿心歡喜，讀完又讀。沒信，便心裏失落，只好不安地期待下午的到來。那一年，我寫了好幾百封信。

---

* 　當時香港政府規定，必須居住滿一年才可領取回鄉證返回內地。

新移民最難適應的，也許並非居住環境惡劣，而是「生活世界」的突然轉變。生活世界是個複雜的意義系統，包括我們的語言、傳統、價值、社區及人際關係，以至日常的生活方式等。只有在這樣的系統裏，我們才能確認自己的身份，理解行動的意義，並肯定生活的價值。如果我們由小至大活在一個安穩的世界，我們根本不會意識到它的存在，因為一切皆顯得理所當然。只有當我們由一個世界急速轉換到另一個世界，而兩者又有根本斷裂時，人才會深刻感受到無家的失落。很多新移民初到香港，最難忍受的，便是這種斷裂。沒有鄰居，沒有社群，沒有共同語言，沒有他人的理解和同情，只能捱和忍，期望處境慢慢改善。

來港很長很長一段時間，我都被一種難言的疏離感籠罩着。表面上，語言、讀書、生活各方面，雖有困難，慢慢也能應付。但在內心，我卻一點也不認同自己是香港人。走在街上，覺得所有人和自己一點關係也沒有；回到家中，腦裏只有昔日的回憶。看到中國和香港的運動員比賽，我會為中國隊打氣。每次返回家鄉，我才有着地的感覺。時過境遷，我已很難用言語描述「這個地方不屬於我」的孤獨。未來香港前，我是全班最活潑好動的。移民後，我卻徹底變成另一個人：自卑，孤僻，不合群，過度憂鬱。伴隨這種心境，我沉迷的不再是武俠小說，而是李煜、李清照、柳永那些憂傷的長短句。

讀到中學四年級，我的迷惘更甚。為求出路，我開始找老師討論人生的意義，跟同學去基督教會聽

福音，甚至胡亂找些佛學書來讀。印象最深的一次，是某天放學後，夕陽斜照，我站在彌敦道和界限街交界的安全島，看着川流不息的汽車和匆匆的人群，突然覺得完全無力再行下去。我軟弱地斜靠在欄桿上，看着紅燈轉綠燈，綠燈轉紅燈，人動也不動，茫然四顧，不知何去何從。我身邊的新移民同學，好像完全沒有我的煩惱，所以我當時認定自己有點不正常。

　　苦悶的時候，我喜歡一個人在深水埗遊蕩。深水埗是窮人聚居之所，密密麻麻的唐樓又殘又舊，街道也亂糟糟的。那時南昌街中間仍是店鋪林立 (後來拆了，變成現在的休憩公園)，石硤尾街的天光墟 (在天剛亮時將東西放在地上擺賣，故有此名) 仍在，黃金商場周圍還有無數的流動熟食小販，再加上福華街、福榮街、長沙灣道的時裝批發店，北河街菜市場和鴨寮街的舊物和電器攤檔，令深水埗成了個無所不包的大市集。在這裏，你會看到蛇王在街頭當眾用口咬斷蛇頭，隨即挑出蛇膽，給客人和着酒一口喝下去；會見到櫃檯高高，令人望而生畏的老當鋪；當然還有琳瑯滿目，堆積如山的色情雜誌。

　　我最喜歡的，是到鴨寮街淘書。鴨寮街並沒書店，「收買佬」只是將收回來的書和其他雜物，隨意堆在一起。要挑書，便要不怕髒，而且得有耐性。我在那裏淘到最多的，是小說散文，但也找到一套三冊馬克思的《資本論》，* 唐君毅的《哲學概論》和梁啟超的《飲冰室全集》等。後來讀大學時，我甚至在

---

*　譯者郭大力、王亞南，民國二十七年由讀書生活出版社出版。

相遇五　過去

231

那裏用十元買到美國哲學家羅蒂的成名作《哲學與自然之鏡》英文版。

住得久了，我便感受到深水埗的貧窮。我家的居住環境，還不算最惡劣。更差的，是那些住在「籠屋」的人，幾十人擠在一個單位，每人只有一個鐵籠般大小的床位。一九九○年十二月南昌街籠屋大火，導致六人死亡，五十多人受傷，人們才知道香港仍有那麼多人居住在那樣的非人環境。張之亮當年拍攝的《籠民》，便是以此為題材。深水埗也有許多老無所養的獨居老人，天一亮便坐滿街角的小公園，有的在下棋打牌，有的在發呆。新移民也不少。只要在街上轉一圈，甚麼口音都可以聽到。父母後來搬了兩次家，卻始終沒離開過這區，而我每次回家，依然喜歡在深水埗閒逛。

五

一九八五年九月，我入讀大角咀福全街的高雷中學。父親為我讀書的事，四處奔走，卻一直苦無頭緒。本來有私校肯收我，但學費太貴，最後只好選擇這所同鄉會辦的學校。嚴格來說，這不算一所完整的中學。學校在一幢工廠大廈二樓，樓下是售賣五金鋼鐵的店舖，噪音不絕於耳。學校除了幾個課室，沒有任何設施。課程只辦到中三，中四以後學生便要另選他校。

學校離家不遠，步行十五分鐘便到。第一天上

學，我發覺全班五十多人，有七成是像我這樣剛到的新移民，以廣東和福建為多，但也有更遠的。大家一開口，便察覺人人鄉音不同。從一開始，我便喜歡這班同學。我們背景相同，誰也不會瞧不起誰，而且來到新環境，大家都需要新朋友，所以很快便混得很熟。平時下課後，我們便聯群結隊去「鬥波」，往遊戲中心「打機」，到桌球室找樂，周末甚至試過一起去大角咀麗華戲院享受三級片早場的刺激。我們有心讀書，卻不知從何學起。學習環境實在太差，學生程度又參差不齊，老師難以施教。我們渴望融入香港社會，卻不知從何做起。我們對香港的歷史文化一無所知，父母教育水平又普遍偏低，更要日以繼夜工作，根本無暇理會我們。我們好像活在一個隔離的世界，自生自滅。

開學不久，我們便一起去工廠做兼職。事緣有位同學的父親，在製衣廠專門負責穿褲繩（俗稱褲頭帶），方法是用鐵針將尼龍繩由短褲一端貫穿到另一端。由於工作多得做不完，同學便叫我們下課後去幫忙。工資按件計，一條一毫。如果熟手，一小時大約可賺到八元。工作本身極單調，但幾位朋友一起，加上工廠可聽收音機，不算特別苦悶。

我後來在工廠認識了一位負責牛仔褲包裝的判頭阿卓。由於他給的工資較高，而且工作較多，於是我和一位外號叫「大隻廣」的朋友便過去跟他。阿卓和好幾間製衣廠有協議，那裏要人便去那裏，因此我們有時在大角咀，有時在長沙灣和葵涌。包裝是整個成

衣生產流程最後一道工序，相當複雜，包括貼商標，摺疊，入膠袋，開箱封箱，以及用膠帶機將箱紮好。由於出口訂單有時間性，廠方往往要我們一兩天內完成大量包裝，非常消耗體力，而且有時要加班到深夜，不是易做的工作。

　　大隻廣是恩平人，比我大兩歲，人有點俠氣也有點流氓氣，好抱不平，喜飲酒抽煙，平時三句有兩句是粗口，上課常常和老師抬槓，是我們這群同學的領袖。我和他性格不同，卻很投契。他的數學很好，英文卻差，半年不到，已對讀書失去興趣。有次我們在葵興下班，已是晚上十一點，天下着小雨，我倆不知為甚麼打起賭來，誰也不讓誰，結果決定一起步行回深水埗。那一夜，我們沒有傘，卻不畏淋雨，一邊健行一邊笑談彼此的夢想，回到家時已是深夜一點，嚇壞了在家久等的父母。當時說過甚麼早已忘了，但那份對未來的豪情，卻長留在心。一九八六年夏天，我領到回鄉證後，便和大隻廣聯袂返回故鄉，會合我的幾位同學，一起坐火車去桂林旅遊。我們在漓江暢泳，在桂林街頭放肆高歌追逐，在陽朔回味劉三姐的山歌，快意非常。

　　大隻廣讀完中三，便輟學回家幫父親做些中藥轉口的小生意，中間賺過一些錢，並請我們一班同學去鯉魚門嚐過海鮮。後來聽說他生意不景，又迷於賭博，以致欠下鉅債而要避走大陸。再後來，便沒了音訊。我們的老闆阿卓，好幾年後聽說原來是個偷渡客，遭警方發現，坐完牢後也被遣返國內。我們工作

過的製衣廠，早已一一搬到國內，工廠大廈則被推倒重建為幾十層高的豪宅。至於我那群新移民同學，絕大部分讀完中三或中五後便出來工作，最多是到髮型屋做學徒。就我所知，能讀上大學的，不足三人。而我讀完第二年，便透過考試轉到何文田官立中學做插班生。

現在回過頭看，便覺得當時香港政府對待新移民的方式，大有可議之處。例如我們來港後，人生路不熟，卻從沒有人告訴我們要如何找學校，於是只好四出向同鄉打聽，像盲頭蒼蠅般亂撞。記憶所及，除了一家叫「國際社會服務社」的非政府組織提供一些基本英文課程，政府並沒有為新移民提供任何協助。我們就讀的學校，也從沒試過為新移民學生提供甚麼特別輔導。我當時以為這一切都理所當然，現在才意識到，有多少新移民學童，在這樣一種無助的狀態中，失去多少機會和承受多大的挫折。只要政府在他們最有需要的時候，給他們多一點扶持和多一點關懷，他們很多便可以活得更好。

六

一九八七年轉校後，我的生活起了很大變化。最大的不同，是我終於可以讀到一所有完整校舍的正規中學。另一個不同，是班上大部分同學都是本地出生的，我的鄉音間或會成為同學的笑資。那談不上是歧視，卻時時提醒我和別人的差異。我很快便意識到，我和我的香港同學，其實活在兩個世界。例如我從不

235

看卡通片，也不喜歡漫畫，更不熱衷電子遊戲。而這三樣東西，卻是香港男生的至愛。我一直去到大學，最熟絡的朋友，都是新移民。其他朋友也有類似經歷。我一直不明所以，最近這幾年才體會到，雖然我們都努力將自己改造成香港人，但很多深層的文化底色，卻是無法抹走的。直到現在，我依然覺得我的情感結構，感受生活和觀照世界的方式，和我小時候的生活分不開。

我在何文田官中那一屆，大約有一成是新移民。這些同學和高雷的有些不同。他們早來幾年，很多從小學讀起，因此較易適應香港的生活，也有較強的自信心。他們有些喜歡看課外書，關心政治時事，思想頗為成熟。中四那年，我和幾位同學成立了一個讀書小組，定期討論時事，並自資手寫出版一本叫《求索》的刊物，取屈原的「路漫漫其修遠兮，吾將上下而求索」之意。校長有點擔心，派了一位老師在我們開會時前來旁聽輔導，刊物內容亦須老師過目。我當年寫了一篇文章，批評很多香港人移民他國是不應該的，結果被勸導不要發表。

我在何官的生活，大抵是愉快的，尤其何官附近便是九龍中央圖書館，滿足了我如饑似渴閱讀課外書的欲望。那幾年，我讀了無數文學作品。我將金庸、梁羽生、古龍讀完，又將瓊瑤、嚴沁、琦君、司馬中原等一大堆台灣作家讀完，接着讀沈從文、魯迅、周作人，然後讀柏楊、劉賓雁、殷海光等。我也學會了「打書釘」。那時除了日校，我也去長沙灣元洲街一

所夜中學上課，主要是學英文。夜中學的學生，大部分是成年的新移民，而我是全班最小的。學校附近有家小書店，我每星期總有一晚，偷偷蹺課去書店看小說，差不多到下課時間，便坐車回家。家人從來不知。我自小沉迷閱讀，來到香港，真的覺得這裏是書的天堂。那時讀課外書，完全沒有功利心，也沒甚麼目的，真的是單純的享受。閱讀帶給我最大的好處，是我從來不會覺得生活沉悶乏味。只要有書在手，趣味便生。這一點與我有最大共鳴的，一定是我後來的中大老師沈宣仁先生。

那時的何官，有很多敬業樂業的好老師，對學生循循善誘，創造出一個很好的學習環境。雖然很多人說香港的中學是填鴨式教育，我卻沒有這種感受。我享受讀書，也覺得自己是在追求知識，而不僅僅是為了考試。那種氛圍，我想和何官是一所中文中學有關。沒有語言的障礙，我們能夠更直接地理解知識，更自由地展開討論，從而更好地培養我們的知性能力和學術興趣。這是我的讀書經驗，也是我現在的教學經驗。我相信，在其他條件相同下，用母語去教與學，從教育的觀點看，對學生成長是最有利的。*

但在八十年代的香港，做一個中文中學的學生所受到的歧視，遠遠大於做一個大陸新移民。那時全香港只有極少數掛正招牌的中文中學，其中部分是所謂

---

* 　香港推行母語教學困難重重，有許多外在原因造成，例如大學和中學授課語言的斷裂，欠缺足夠的教學支援，英中和中中的標籤效應，以及整個社會對英文的過度崇拜等。但這些原因，都不足以證明母語教育的理念本身有甚麼問題。

的「左派中學」。較為著名的，有培正中學和金文泰中學。中中不僅是少數，而且是低人一等的少數。更不幸的，是中中學生只可以報考高等程度會考，同時亦只有中文大學願意承認這個考試。換言之，無論我們成績多好，除了中大，其他院校的大門都不為我們而開——僅僅因為我們用中文學習。這種制度性的歧視，大大限制了中中學生的出路，更深深挫折了我們的自尊。*

時隔多年，我仍然記得每次步出校門，見到鄰校英文中學的同學，那份又羨又妒又自卑的心情。我那時真的覺得中中學生被社會遺棄了，而我有太多的不解。我不解為甚麼我們用中文讀書，便要受到整個制度的歧視，連最基本的機會也不給我們；我更不解既然丘成桐、崔琦、徐立之這些頂尖學者都是中文中學培養出來的，為甚麼政府和社會不相信用中文也可以讀好書。當時的我不明白，現在的我也不明白。我明白的，是無數學生，在這個制度中受到極其不公的對待，然後被犧牲，卻沒有人為他們發過聲。

七

一九八八年夏天，我和國內一位同學，從廣州坐火車去北京旅行。我自小喜歡中國歷史，加上受武俠小說影響，對中國名山大川早已嚮往。旅費是兼職賺回來的，不用父母操心。我們去天安門看了升旗禮，

* 手上沒有具體數據，但當時相當大比例的中中學生都是新移民。

瞻仰了毛澤東的遺體，還登上了長城。玩完北京，我們再坐火車下江南。印象最深的，是我這個南方人第一次在火車上見到極目無山的華北大平原。我倚在窗口，敞開衣裳吹着風，看着夕陽在天邊被地平線徐徐吞噬，「隨身聽」播着齊秦的《狼》，感覺天地蒼茫，美不可言。

三個星期後，當我從杭州坐火車回到廣州，對中國有了很不同的感受。除了遊覽名勝古蹟，我更近距離觀察了不同地方不同老百姓的生活，尤其是在長途的硬座火車旅程中，我從其他乘客口中聽到許多聞所未聞的故事，了解國內人生活的艱辛。

在旅途上，當別人問我從那裏來時，我總説廣東，卻不願説香港。這有安全的考慮，但我心底的確希望像他們一樣，都是中國人。不同省份的人走在一起，讓我有四海之內皆兄弟的感覺。我喜歡那種感覺，但對別人對自己來説，香港卻好像在四海之外。

從北京回來不夠一年，六四事件便發生了。一九八九年五月，在學校默許下，我在課室率先張貼了支持學生運動的標語，接着參加了幾次大遊行，天天看報紙追新聞，沉浸在大時代的亢奮中。六四那一夜，我一個人坐在漆黑的家中，看着沒有畫面的電視，聽着身在北京的記者電話中傳來的密集槍聲，一夜未眠。六月四日後，學校辦了一場追悼會，我作為學生代表，上台發了言，還噙着淚帶唱了《龍的傳人》。其後十八年，只要人在香港，六四夜我都會去維多利亞公園，和幾萬人一起點亮燭光，悼念那死去

的英靈。在香港那麼多年，維園的燭光晚會，是我和其他香港人站得最近的時刻，也是做香港人做得最爽最自豪的時刻。我有時想，管它平反不平反，就讓我們這樣一年一年坐下去吧，讓那浩瀚的燭海，成為香港永恆的風景。

六四事件是我移民史的分水嶺。六四前，我沒想過要在香港落地生根，總想着終有一天會回去。那幾年，我讀了不少文學作品，例如劉賓雁的《第二種忠誠》、戴厚英的《人啊，人！》、蘇曉康的《自由備忘錄》等，對一九四九年後的歷史多了一些認識，但對中國的未來依然充滿信心。我仍記得，一九八八年國內有一套紀錄片叫《河殤》，中央電視台拍攝，探討的便是中國應往何處去，引起海內外很大爭論。教協辦了一次播映會，一次過播完六集。我一個人去看了。當看完最後一集《蔚藍色》，步出教協時，我心內激動，深信中國只要繼續改革開放，一定可以告別傳統，並與象徵西方的蔚藍色文明融合，振興中華。六四後，我有種強烈的無家可歸的失落。本來那麼崇拜的國家，本來那麼尊敬信賴的領導人，一夜之間卻變得如此猙獰如此陌生，誰還敢認同那是自己的家？！悲劇過後，政治的殘酷和暴力的可怖，在我和我那一代很多人身上，留下難以磨滅的傷痕。回去已無可能，也無能力再度移民，留在香港，便成了沒有選擇的選擇。要安頓下來，第一件事便是要全心接受香港的價值觀，好好做個香港人。

當時我並不十分清楚這種轉變的後果。但中五會

考過後，在對於報讀大學甚麼學系一事上，我經歷了一次難忘的試煉。我一直的志願是中文系，因為這是我最喜歡，也讀得最好的科目。我當時已試過投稿報紙的文藝版，也參加過一些徵文比賽。我特別崇拜劉賓雁，希望將來也能做個報告文學家。可是家裏及老師卻主張我報讀最熱門的工商管理，理由自然是日後的工作考慮。如果我堅持，家裏大抵也會尊重我的意願。但我自己也猶豫了。我當時的成績，差不多全校最好，因此擔心的不是錄取的問題。

我的困擾，在於我當時認為這是兩種價值觀，兩種不同人生道路的抉擇。如果我選讀商科，便意味着我日後會在商界工作，以賺錢為人生最高目標，並放棄自己喜歡的文學和歷史，當然更不會有時間寫作。如果我本身很喜歡商業管理，很崇拜那些億萬富豪，問題倒不大，畢竟人生總要有所取捨。但由小至大的讀書薰陶，使我並不怎麼嚮往那種生活。金庸筆下的大俠，中國歷史中的英雄，五四時期的作家，才是我欣賞的人物。

我被這個問題深深折磨，以至寢食難安。我請教過不同老師，所有老師都說，理想當不得飯吃，人始終要回到現實。然後我又發覺，過去幾年校內成績最好的同學，都進了商學院。他們告訴我，如果我選讀了自己喜歡卻不熱門的學科，很可能會後悔，因為香港是個商業社會，畢業後沒甚麼好選擇，最後還是要在市場上和人競爭。他們好像很有道理，於是我這樣說服自己：既然我以香港為家，便應努力做個成功的

香港人，而成功的香港人，當然是像李嘉誠那樣能賺很多錢的人。要賺很多錢，自然要熟悉商業社會的運作，並在激烈的競爭中勝出，一步一步向上爬。而要有這種競爭力，理應從大學做起。我被自己說服，最後亦如願入讀中文大學商學院。

這次抉擇，對我是一種挫折，也是一種解脫。我好像放棄了一些自己很珍惜的東西，好像作了某種屈服，但我也安慰自己，以後再不用為這些問題困擾，可以安心好好讀書。事實並非如此。入了中大以後，我才發覺自己根本不適合工商管理。這和性情及志趣有關，也和大學的經歷有關。我一進大學，便參加了《中大學生報》，積極參與學生運動，關心校政也關心香港和中國的未來，那種生活和商學院的氛圍，自是格格不入。而我在一年級時選修了哲學系陳特先生的課，對我啟發甚多，並開始思考一些困惑已久的人生哲學問題。結果在大學頭兩年，我又一次面對人生何去何從的掙扎。那種糾纏，極其累人，不足為外人道。最後，在大學三年級，我立志轉系，讀我喜歡的哲學。轉系那天，陳特先生面試我，問我會不會後悔，我說不會。但當時我也不知道在香港讀哲學，到底有甚麼出路。

八

如果我的掙扎，只是個人問題，那並沒甚麼特別。實情卻非如此。在我認識的朋友中，考試成績最

好的一批，當年幾乎都選擇了商學院，理由也差不多。這種情況在今天的香港，只會有過之而無不及。容我武斷點說，香港的大學生，很少是為興趣和夢想而讀書的。大部分像我一樣，在未開始尋夢之前，已被現實壓彎了腰，少年老成，放棄實現理想和活出自我的機會，很快便順從社會設下的框框，走着一條非常相似的路。如果我們同意英國哲學家穆勒的觀察，人類並不是機器模塑出來的一式一樣的東西，而是各有個性的獨立生命，並在快樂的來源、對痛苦的感受，以及不同能力對人們所起的作用上有着鉅大差異，那麼便很難不同意他的結論：「除非在生活方式上有相應的多元性存在，他們便不能公平地得到屬於他們的幸福，也不能在精神、道德及審美方面成長到他們的本性所能達到的境界。」*

　　到底是甚麼力量，令這個城市一代又一代優秀的年青心靈，即使曾經有過掙扎，最後也不得不妥協，放棄發展自己的個性和追求屬於自己的幸福？而這對一個城市來說，是健康的嗎？

　　要在香港行一條不那麼主流的路，同時又能肯定自己，的確很難。香港表面上多元，住得久了，便會發覺它的底層有個相當單一強勢的價值觀。過去幾十年，香港逐步發展成為一個繁華先進的資本主義城市，亦使整個社會接受了一套根深柢固的意識形態：崇尚市場競爭，擁抱個人消費主義，以追求效率、發展和無止境的財富增長作為個人事業成功和社會進步

---

* J.S. Mill, *On Liberty* (New York: Macmillan, 1956), p. 83.

的唯一標準。在市場中，決定一個人成敗得失和社會地位的，是他的經濟競爭力。因此，在一個高揚「小政府大市場」的社會，每個人由一出生開始，便被訓練打造成為市場競爭者。競爭的內在邏輯，是優勝劣汰。市場中人與人之間最基本的關係，是對手的關係，是工具性的利益關係，而不是任何休戚與共，同舟共濟的合作關係。每個人都是孤零零的個體。競爭中的失敗者，沒有尊嚴可言，更沒資格說應得甚麼，有的最多只是勝利者給予的有限度施捨和同情。

香港是這樣純粹的一個經濟城市，人人以此為傲。君不見，回歸十年一片歌功頌德中，經濟成就不就是它唯一的賣點?!要令這個神話延續，社會便必須更有效地培養出更多更純粹的經濟人，並透過各種方式，強化這種價值觀的合理正當。但判斷一個城市是否合理公正的其他向度，卻往往被忽略，甚至被壓制了。

嚴格來說，香港仍說不上是個現代政治城市，因為現代政治的基石，是肯定每個人都是平等的公民，享有一系列不可侵犯的基本權利；政治權力的正當性，必須得到人民的認可接受。很可惜，政治平等仍然離香港十分遙遠。而在「小政府大市場」的指導原則下，貧者愈貧，富者愈富，以致數以十萬計公民活於貧窮線之下的事實，也得不到社會正視。社會公義好像從來不是香港社會的議題。

香港也算不上一個文化城市，因為文化城市的基本理念，是肯定文化生活作為相對獨立的領域，有其自身的運作邏輯和審美標準，文化活動有其自足的

內在價值，而不僅僅是經濟發展的工具。但在過去兩年種種有關歷史保育和文化發展的討論中，我們卻看到，整個社會是如何的缺乏文化想像和文化底蘊。香港非常有效率也非常富裕，但我們卻不知道，一種相應的屬於這個城市，屬於每個公民的豐富而多元的文化生活，該是何種模樣。我們很懂得將所有事物折算為金錢，因此海景有價，歷史建築有價，土地有價。但我們並沒想過，那些無聲無息地流失的，難以用金錢衡量的歷史情感記憶，同樣值得這個城市好好珍惜。問題並不在於如何平衡取捨，而在於很多價值根本未曾出現在我們的視野之中，連取捨也談不上。我們往往是工具理性的巨人，價值理性的侏儒。

以上所談的三種城市性格，是有內在張力的。要使香港成為偉大的政治和文化城市，我們便須尋找其他價值資源，開拓視野，豐富我們對美好人生和公正社會的想像，而不是永遠只從單向度的經濟人的觀點看待世間萬事。就我所觀察，這套市場至上的價值觀，近年變本加厲，不斷被強化神化，並以各種方式滲透複製到生活其他領域，牢牢支配社會發展。

明乎此，香港很多看來荒誕之事，才變得易於理解。以母語教育為例。我們應知道，母語教育對學生的心智成長、創造力、人格培養，以至對所屬傳統文化的認同等，有利而無害。但中文在香港的中學和大學，卻一直被視為次等語言。為甚麼呢？因為據說母語教育會使學生英文水平下降。而英文水平下降，最大問題不在於學生無法有效學習知識或接觸英語

文化，而在於影響學生的謀生能力，從而影響香港的經濟競爭力。對學生來說，語言是、也僅僅是謀生的工具；對社會來說，學生是、也僅僅是經濟發展的工具。至於外語教學會否影響學生的心智成長，打擊他們的自信心和求知欲，窒礙他們批判性思維能力的發展，以至限制他們成為積極關心社會的公民，卻很少受到重視。

又例如香港的民主發展。香港既得利益集團反對加快民主步伐的主要理由，據說是因為這樣做會導致福利社會，而福利社會則有礙經濟發展云云。亦因此故，面對愈來愈嚴重的貧富懸殊，大家也認為只要不影響社會繁榮安定便沒問題。至於那些處於弱勢的公民，是否享有公平的平等機會，是否得到政府同樣的關懷和尊重，以至香港的財富分配制度是否合理，卻從來不曾引起甚麼大的爭論。

無疑，我們可以從不同角度描述香港的城市性格，以及呈現這種性格的香港人。但在我的生活經驗中，體會最深感觸最大的，卻是這種資本主義意識形態對人的宰制。它的力量如此強大，影響如此深遠，以致成為我們日用而不知的各個生活層面的價值規範，使得我們難有空間和資源，去想像這個城市和個人生活是否有其他更好的可能。要做一個成功的香港人，首先便要將自己打造成純粹的經濟人。就此而言，界定香港人身份的，並不繫於一個人的語言文化，又或出生地，而在於你是否真心誠意接受這樣一套價值觀。

但就其本性而言，人並不只是純粹的經濟人。除了殘酷競爭和市場價值，人還有其他需要。人還需要愛，需要家庭和友誼，需要共同的社群生活，需要別人的尊重和肯認，需要活得有意義，需要政治參與和文化滋潤，還需要自由和公正。這些需要，是活得幸福很重要的條件，但卻往往和單向度的經濟人的理念不相容。道理很簡單。如果我們在生活中，只視所有人為滿足自己利益的工具，我們便無法享受到真正的友誼和愛，因為友誼和愛包含了承諾和犧牲；如果生活只是一場無止境的敵我競爭，我們便難以接受對其他公民有甚麼道德責任；如果我們視自身只為孤零零的自足的個體，我們便難以感受社群生活的好；如果人與人之間處於極度不平等的境況，弱勢者便無從肯定自身的價值和尊嚴。

即使一個在香港出生的人，只要你不接受自己是純粹的經濟人，在生命的不同時刻——尤其面對抉擇時——內心一樣會烽煙四起，承受難以言狀的痛苦，一樣會對這個城市有某種生活在他鄉的疏離。你愛這個城市，卻又覺得它並不真正屬於自己，因為主宰這個城市的根本價值，和你格格不入。個體如此卑微，既改變不了城市分毫，卻又不得不在此生活下去，遂有無力和撕裂。你最後往往別無選擇，只有屈服，向這個城市屈服。

那麼多年來，我目睹父母親一輩，在沒有任何選擇下，被迫放下生命其他價值，將自己變成徹底的經濟動物，努力撫養我們成人；我目睹很多同輩的新

移民朋友，由於欠缺這個社會要求的競爭力，又不能從政府和社會中得到適當支援，被迫過早進入勞動市場，成為社會的低層勞工；我目睹更多的，是那些有理想有能力對社會有關懷的朋友，大學畢業後雖然多番堅持，最後還是不得不棄守曾經堅持的信念。在繁榮安定紙醉金迷的背後，我無時無刻不感受到，一個個獨立生命為這幅圖像付出的代價。當然，更加悲哀的，是我們看不到這些代價，不願意承認這些代價，甚至謳歌這些代價。

九

由此可見，新移民面對的許多問題，並非只限於新移民。新移民家庭特別多悲劇，也許只是因為他們處於社會最底層，處境艱難，遂無力承受種種壓迫。而問題的根源，說到底，實在和香港人如何看待自身有關：

我們怎樣看待彼此的關係？我們是活在同一社群，共同參與公平的社會合作，還是在市場中參與一場弱肉強食的零和遊戲？在種種將人的社會身份劃分切割，繼而產生形形色色宰制的制度中，我們能否在差異背後，看到香港人同時是自由平等的公民，理應受到政府平等的尊重和關顧？

我們怎樣看待這個屬於我們的城市？我們希望它只是一個有效率卻冷漠，繁榮卻貧富懸殊，表面多元內裏卻貧乏單一的暫居地，抑或一個重視公義追求民主，

鼓勵多元容忍異見，人人享有平等機會的共同體？

最後，我們怎樣看待自己？人是甚麼？甚麼構成人的尊嚴和幸福的生活？甚麼價值值得我們捍衛和追求？

在思考香港的未來時，我們離不開這些問題。當然，改變總是困難的。不要說整個社會，即使在個人層面，也是吃力無比。但我並不過度悲觀。在六四燭光晚會裏，在七一大遊行裏，在一波接着一波的社會運動裏，在很多朋友於每天平凡細微的生活中努力不懈活出自我和堅持某些人文價值裏，我看到力量。我相信，當公民社會愈趨成熟，累積的文化資源愈加豐厚，並對主流制度和價值有更多反思批判時，我們這個城市有可能變得更好。

當我以這種角度，這份心態去理解自身和關心香港的時候，我的新移民史便告一段落。我是以一個香港公民的身份，關心這個屬於我的城市。我身在其中，無論站得多麼邊緣。

我也不知從甚麼時候開始，將香港當作自己的家。那實在是極其緩慢的過程。轉捩點，或許是我後來離開香港，到英國留學了好一段時間。當倫敦成了異鄉，香港便成為故鄉了。大約是二〇〇二年的夏天，我從英國回來。我再次拖着行李在深水埗行走，看着熟悉的店舖，聽着熟悉的鄉音，終於覺得自己回家了。這一段路，我足足走了十七年。

十

　　林婕死去的時候，才十八歲。她在遺書中，説：「我很累，這五年來我憎恨香港，討厭香港這個地方，我還是緬懷過去十三年在鄉間的歲月，那鄉土的日子。」林婕選擇離開的時候，已來香港五年，並由最初的鄉村小學轉讀一所一級中學，品學兼優，全班考試名列前茅，家裏也住進了公共房屋。我曾不只一次想過，如果林婕仍然在生，今天會是如何模樣。

　　很多人無法理解，為甚麼林婕會如此憎恨天堂一樣的香港，為甚麼會覺得做一個香港人那麼累，以至如此決絕地一死以求解脱。這種不解的背後，也許正正隱藏了無數新移民説不出的辛酸故事。説不出，並不在於香港沒有説的自由，而在於沒有那樣的平台，沒有那樣的聆聽者，甚至更在於新移民難以有足夠的力量和自信，好好地理解和接受自己，並好好地面對這個城市。

　　香港每天有150個大陸新移民，每年有54,750人，十年便有547,500人。他們是人，是香港的公民，也是香港的未來。

初稿2007年7月2日
定稿2008年5月13日